9 et 10 Livraisons de la Collection.

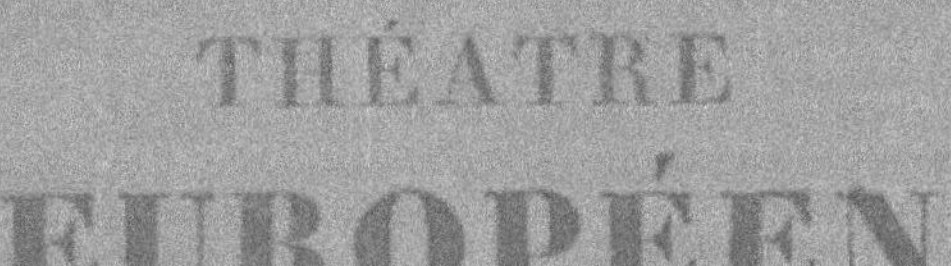

THÉATRE EUROPÉEN

NOUVELLE COLLECTION

DES CHEFS-D'ŒUVRE DES THÉATRES

Allemand, Anglais, Danois, Espagnol, Français, Hollandais, Italien, Polonais, Russe, Suédois, etc.

AVEC DES NOTICES ET DES NOTES

HISTORIQUES, BIOGRAPHIQUES ET CRITIQUES

Théâtres Danois et Suédois.

LE

POTIER D'ÉTAIN POLITIQUE

(THÉATRE DANOIS)

Comédie en cinq actes

PAR HOLBERG.

PARIS

Au Bureau d'administration du Théâtre Européen

Rue du Dragon, 30.

DELLOYE	HEIDELOFF	BARBA
Éditeur de la	ET	Éditeur de la
FRANCE PITTORESQUE	CAMPÉ	FRANCE DRAMATIQUE
place de la Bourse, 3	rue Vivienne, 16	Palais-Royal

ET CHEZ TOUS LES DÉPOSITAIRES DE PUBLICATIONS HEBDOMADAIRES.

DEUX LIVRAISONS.

LE THÉATRE EUROPÉEN

SE COMPOSERA

DE PLUS DE DEUX CENT CINQUANTE PIÈCES TRADUITES

Et accompagnées de Notices et de Notes

historiques, biographiques et critiques

Par MM. J.-J. Ampère; le Baron de Barante, de l'Académie française; René; Campenon, de l'Académie française; Philarète Chasles; Chatelain; L. Chodzko; Cohen; Defauconpret; Delatouche; A. de Latour; Denis; Émile Deschamps; Ernest Desclozeaux; Alex. Dumas; Léon Gozlan; Guizard; Guizot; Damas-Hinard; Jules Janin; Lebrun; Loève-Veimars; Magnin; Saint-Marc Girardin; X. Marmier; Mennechet; P. Mérimée; Merville; Prince Mestchersky; Nisard; Charles Nodier, de l'Académie française; Amédée Pichot; Comte de Rémusat; Comte de Saint-Aulaire; Comte Alex. de Saint-Priest; Baron Taylor; Trognon; Villemain, de l'Académie française; Madame la Duchesse d'Abrantès, etc., etc.

Cette importante collection se divisera par séries, divisées elles-mêmes en volumes. Le théâtre espagnol, *première* série, comprendra l'époque de Calderon, de Cervantès, de Lope de Vega, de Montalvan, de Moreto, de Rojas, de Solis, de Zamora, de Tirso de Molina, d'Alarcon, de Cubillo, de Cañizares et autres auteurs de tragédies *fameuses*, de comédies et de saynètes dont il n'a pas même été fait mention dans la première traduction des théâtres étrangers; la *seconde* série, plus moderne, commencera à Moratin et finira à Martinez de la Rosa.

Le théâtre anglais, qui offre quatre époques plus tranchées, aura *quatre* séries; la *première* comprendra les auteurs des règnes d'Élisabeth et de Jacques : Shakspeare et ses contemporains, Marlow, Decker, Heywood, Lilly, Green, Peel, Marston, Rowley, Middleton, Ben-Jonson, Massinger, Webster, Beaumont et Fletcher, Ford, Shirley, etc.

La *seconde* comprendra les auteurs des règnes des derniers Stuarts, de Guillaume et de la reine Anne, jusqu'à l'avènement de la maison de Hanovre : Lee, Howard, Dryden, Shadwell, Etheredge, Cibber, Vanbrugh, Congreve, Otway, Wycherley, Southerne, Lillo, Farquhar, Centlivre, Gay, Addison, etc.

La *troisième* comprendra les auteurs qui ont écrit sous les Georges, jusqu'au moment de la révolution française : Fielding, Thomson, Murphy, Hughes, Foote, Goldsmith, Garrick, Colman, Home, Kelly, O'Keeffe, Bickerstaff.

Et la *quatrième* enfin, plus moderne, commencera à Sheridan et finira à son homonyme Sheridan Knowles encore vivant; elle comprendra Cumberland, Morton, Reynolds, Holcroft, Inchbald, Tobin, Colman Jne, Shiel, Coleridge, Maturin, Milman, Bedoes, Joanna Baillie, Croly, Payne, Walter Scott, Byron, etc.

Dans le théâtre italien, la *première* série embrassera les vieilles pièces en remontant jusqu'à Machiavel; la *seconde*, l'époque de Goldoni; la *troisième*, celle d'Alfieri et de ses contemporains.

Le théâtre allemand, quoique presque aussi riche que le théâtre anglais, n'aura que *deux* séries à cause des dates; la *première* comprendra Lessing, Schiller, et leurs contemporains; la *seconde* Goëthe, Kotzebue, Werner, Mullner, et l'époque actuelle, Grabb, Raupach, Grillparzer, Ifland, Kleist, Koerner, Zimmerman, etc.

Les autres théâtres n'auront chacun qu'*une* série, quoique nous ne manquions pas de pièces inédites pour compléter ce qui en manquait déjà en France des théâtres danois, hollandais, polonais, portugais, russes et suédois.

CONDITIONS.

Le Théâtre Européen est publié par livraisons, format grand in-8°.

Chaque pièce paraît *complète* avec les notices et notes qui s'y rattachent.

Les notices sur les auteurs seront toujours placées en tête de la *première* pièce de chaque auteur, non la première dans l'ordre de la mise en vente, mais la première dans l'ordre de la classification des séries et des volumes. — *Les notices sur les pièces précéderont chaque pièce.*

Les pièces qui ont moins de *quatre* actes ne forment qu'*une seule* livraison.

Les pièces en *quatre* et en *cinq* actes forment *deux* livraisons.

Il paraît régulièrement au moins *une pièce*, souvent *deux* pièces le *samedi de chaque semaine*, et alternativement de chacun des théâtres indiqués et de leurs diverses séries.

La couverture de chaque pièce et la *signature* au bas de chaque feuille, indiquent le *théâtre*, la *série* et le *volume* dont la pièce fait partie. Les pièces appartenant au même volume ont une pagination suivie.

La *première* pièce de chaque volume sera toujours accompagnée du *frontispice* du volume, à la fin duquel il sera donné une table des matières.

Prix de chaque livraison:

50 cent. pour Paris; — 60 cent. pour les Départ.; — 70 cent. pour l'Étranger.

On ne peut *souscrire* pour *moins de vingt-cinq* livraisons, payables d'avance aux prix ci-dessus. — Les souscripteurs sont servis à *domicile*.

On peut acquérir chaque pièce séparément.

THÉATRE

EUROPÉEN.

*

IMPRIMERIE DE E. DUVERGER,

4, RUE DE VERNEUIL.

*

THÉATRE EUROPÉEN

NOUVELLE COLLECTION DES CHEFS-D'ŒUVRE DES THÉATRES

ALLEMAND, ANGLAIS, ESPAGNOL,
DANOIS, FRANÇAIS, HOLLANDAIS, ITALIEN, POLONAIS,
RUSSE, SUÉDOIS, ETC.

AVEC DES NOTICES ET DES NOTES

HISTORIQUES, BIOGRAPHIQUES ET CRITIQUES

PAR MM.

J. J. AMPÈRE ; le baron DE BARANTE, de l'Académie française ; BEER ; CAMPENON, de l'Académie française ;
Philarète CHASLES ; CHATELAIN ; L. CHODSKO ; COHEN ; DEFAUCONPRET ; DELATOUCHE ;
A. DE LATOUR ; DENIS ; Émile DESCHAMPS ; Ernest DESCLOZEAUX ; Alexandre DUMAS ; Léon GOZLAN ;
GUIARD ; GUIZOT ; DAMAS-HINARD ; Jules JANIN ; LEBRUN ; LOËVE-VEIMARS ; MAGNIN ;
SAINT-MARC GIRARDIN ; X. MARMIER ; MENNECHET ; P. MÉRIMÉE ; MERVILLE ;
prince METSCHERSKY ; NISARD ; Charles NODIER, de l'Académie française ; Amédée PICHOT ;
comte DE RÉMUSAT ; comte DE SAINT-AULAIRE ; comte Alexis DE SAINT-PRIEST ;
baron TAYLOR ; TROGNON ; VILLEMAIN, de l'Académie française ;
Madame la duchesse D'ABRANTÈS ; etc., etc.

Théâtres Danois et Suédois.

PARIS
ED. GUÉRIN ET Cie, ÉDITEURS, RUE DU DRAGON, 30.
1835

LE POTIER D'ÉTAIN

POLITIQUE

(Den politiske Kandstoeber)

COMÉDIE EN CINQ ACTES,

PAR L. DE HOLBERG.

NOTICE SUR HOLBERG.

Il n'y a pas un siècle que la littérature danoise, long-temps obscure et comprimée, s'est relevée de son état de décadence, et a pris place au milieu des autres littératures de l'Europe. Au moyen-âge elle avait ses traditions scandinaves, ses ballades chevaleresques; tendre et naïve poésie dont on se plaît encore aujourd'hui à rechercher les riantes images, dont on ne peut sans un certain charme écouter le vague murmure. Plusieurs savants se sont occupés de recueillir ces chants de guerre et ces romances d'amour [1]; plusieurs poëtes modernes y ont puisé un sujet de drame ou d'élégie. Mais il y a loin de cette époque, où la poésie nationale balbutiait ses premiers vers, jusqu'à celle où Holberg la fait monter sur la scène, où Oehlenschlæger l'appelle à chanter les merveilleuses aventures d'Aladin ou les tristesses d'ame du Corrège. Pendant un espace de près de deux siècles, on eût dit que cette poésie, avec ses contes de géants et ses pieuses chansons, s'était endormie sous un de ses vieux chênes du nord, et à personne l'idée ne venait d'aller la réveiller. Le Danemarck a subi le sort de tous les petits états qui ne croient pas posséder en eux-mêmes assez d'éléments de nationalité, et qui oublient comme à plaisir ce que leurs œuvres d'art, leur langue, leur littérature pourraient avoir de caractère original et individuel, pour s'associer par des travaux d'imitation à la littérature d'un autre peuple. L'influence de l'Allemagne fut long-temps toute-puissante en Danemarck; avec la réformation la langue allemande pénétra à la cour et parmi les hommes du clergé. Pendant ce temps les savants continuaient à écrire en latin, en sorte que cette pauvre langue danoise négligée par tous ceux qui eussent pu l'épurer et lui faire faire quelques progrès, était devenue le partage presque exclusif du peuple. La première grammaire danoise que l'on connaisse date de la fin du dix-septième siècle.

C'est au dix-huitième siècle que la nation danoise commença à comprendre l'erreur dans laquelle elle était tombée; elle reprit l'usage de sa langue et se mit à la cultiver. Alors parut un de ces hommes privilégiés, comme il en surgit de temps à autre à la tête d'une époque, d'une littérature; un de ces hommes qui, sans avoir besoin de prendre exemple sur les traces d'un prédécesseur, se frayent d'eux-mêmes leur route et laissent, partout où ils passent, une empreinte profonde. Cet homme était Louis Holberg. Esprit ingénieux, poëte humoristique, il écrivit dans une langue encore inculte des pages pleines de fines observations, et dans cette froide contrée du Nord, qui ne s'était jamais émue qu'à des histoires de guerre ou aux religieux soupirs d'un amour platonique, il sut faire revivre la comédie de Molière et les bizarres saillies de Swift. Ses œuvres jouissent en Danemarck et en Allemagne d'une grande popularité; tout ce qu'il a écrit sur ses voyages, sur sa vie, n'est guère moins curieux que ses pièces de théâtre. C'est une

(1) Le plus ancien poëme du Danemarck que nous ayons est l'Épopée de Skyldenger, publiée pour la première fois, à Copenhague, en 1815.

Au seizième siècle, les ballades et romances danoises furent recueillies par Wedel. Elles ont été publiées en 1812, par Nyerup et Rahbeck, sous le titre de *Kjempeviser* (littéralement : art ou coutume des combattants).

TR. DAN.

vie inquiète, errante, aventureuse, qui présente par elle-même quelques bonnes scènes de comédie, et à travers laquelle on voit assez souvent percer la vive imagination dont Holberg était doué sans s'en douter. A trente ans il n'avait encore fait que courir le monde; il ignorait qu'il y eût en lui le moindre germe de talent poétique. Ce talent se révéla tout à coup d'une manière éclatante; son premier ouvrage obtint un plein succès. Entraîné par ce début il se remit à l'œuvre, et dans l'espace d'une vingtaine d'années produisit successivement ces ouvrages qui l'ont fait surnommer le père de la nouvelle littérature danoise.

Louis Holberg naquit en 1684, à Bergen en Norwège. Son père était un homme d'une bravoure éprouvée, qui, du rang de simple soldat, avait atteint le grade de colonel, et qui en mourant laissa à son fils une réputation honorable, mais très peu de fortune. Holberg fit ses études comme il put, tant bien que mal. Il embrassa la théologie, et à peine avait-il achevé ses cours universitaires que, pour pourvoir à son existence, il fut obligé de prendre une place de précepteur. Dès son enfance il avait lu des livres de voyages, et ces livres lui inspiraient un violent désir de voir le monde. Il se mit à l'étude des langues étrangères, et quand il eut appris quelques mots de l'une et de l'autre, il se crut assez instruit pour n'avoir plus aucun inconvénient de voyage à redouter. Avec sa gaîté de jeune homme et son insouciance d'artiste, il abdiqua sa place de précepteur, qui probablement n'avait jamais dû lui sourire beaucoup, et se mit en route. Il visita tour à tour l'Angleterre, l'Allemagne, la France et l'Italie. Parfois malade, souvent dénué de ressources, condamné aux fatigues, aux privations, mais toujours joyeux et caustique, il s'en alla sans se plaindre d'Amsterdam à Londres, de Londres à Paris, en s'observant et en observant les autres, en riant un peu de tout le monde et en se raillant lui-même sur ses misères et son infortune. Il revint à Copenhague, s'essaya à écrire quelques dissertations historiques qui n'eurent pas grand retentissement, et pour subvenir à ses besoins, il donnait des leçons de langue étrangère. Il attendait qu'un professeur vînt à mourir pour obtenir sa place. Le sort qui semblait aussi vouloir jouer la comédie avec Holberg, lui fit obtenir une chaire de professeur de métaphysique. Holberg accepta le défi en brave et prononça sur la haute science qu'il était appelé à enseigner un discours pompeux, que les gens faciles et crédules acceptèrent comme un panégyrique, et que les hommes plus clairvoyants regardèrent comme la plus impertinente satire. Ce n'était pas un homme capable de s'amuser long-temps des abstractions philosophiques; il sollicita un autre emploi et obtint celui de professeur d'éloquence, qui lui convenait beaucoup mieux. C'est à peu près de cette époque (1718-1720) que datent ses premiers essais poétiques. Quand un beau jour il s'avisa d'être poète, il ne savait pas même les règles de la versification; il les apprit d'un de ses amis et publia peu de temps après, sous le titre de *Pierre Paars*, un poème héroï-comique qui assura sa réputation. « La sensation que produisit cette odyssée burlesque, dit M. J. J. Ampère qui a publié sur Holberg une notice intéressante [1], fut prodigieuse. Dans l'espace d'un an et demi, Pierre Paars fut réimprimé trois fois, ce qui n'était encore arrivé à aucun ouvrage danois. Les critiques, l'envie, les tracasseries de tout genre ne manquèrent pas à l'homme qui venait de donner à sa patrie le premier monument littéraire qu'elle pût opposer à l'Angleterre et à la France. Les raconter en détail, ce serait écrire une autre épopée comique, plus longue, mais moins amusante que celle de Holberg. »

L'auteur favori de Holberg était alors Juvénal. C'est en s'inspirant de ce poète acerbe qu'il écrivit cinq satires très âpres qui soulevèrent contre lui tant de récriminations qu'il se dégoûta de la poésie et se remit à l'étude de l'histoire. Mais le génie qui s'était éveillé en lui ne pouvait se laisser si facilement étouffer. Il abandonna encore une fois les livres sérieux, il rappela la muse qu'il avait tenté d'exiler, et il la rappela avec une grande pensée, celle de doter le Danemarck d'un théâtre national; et cette large tâche semblait faite exprès pour développer toute sa verve, toute son originalité d'esprit. En très peu de temps il écrivit vingt-quatre comédies, qui furent successivement représentées aux grands applaudissements du public danois, émerveillé de voir sortir de son sein un poète si fécond et si remarquable, lui qui jusqu'alors n'avait guère vécu que d'emprunts et d'imitations. Plusieurs de ces pièces sont cependant assez faibles, mais il n'y en a pas une où l'on ne retrouve le caractère vraiment comique et des scènes bien conçues et bien écrites. Il en est d'autres dont la célébrité s'est toujours soutenue et qui doivent placer Holberg à côté des meilleurs poètes comiques des temps modernes. Je citerai par exemple: *La Chambre de l'Accouchée*, *Jean de France*,

(1) *Littérature et Voyages*, pag. 123.

le Dormeur éveillé, Ulysse d'Ithaque. L'une des meilleures, à mon avis, est celle qui a pour titre *Orgueil et Pauvreté.* C'est la peinture un peu outrée, mais fort amusante, de la vanité nobiliaire espagnole, se gonflant encore au milieu de l'indigence. Il y a là des portraits à la Gilblas et des scènes comme Mendoza en a peintes dans son roman du mendiant. Le caractère de Pedro, ce pauvre valet qui emploie tous ses efforts à cacher la misère de ses maîtres, rappelle cet autre valet que Walter Scott nous a si bien représenté dans la Fiancée de Lammermoor, et ce superbe don Ranudo et sa femme, doña Olympia, qui en sont réduits à se voir enlever jusqu'à leur dernier vêtement par les huissiers, à prendre moitié par force, moitié par ruse un morceau de pain à un paysan, mais qui discutent toujours si gravement sur l'étiquette et se consolent de toutes leurs souffrances en regardant leur arbre généalogique, en comptant chaque jour, à chaque instant leur longue suite d'ancêtres, sont des personnages tout-à-fait neufs et fort plaisants. La pièce se termine par un de ces travestissements de comédie dont Molière avait lui-même donné l'exemple. Don Ranudo et Olympia qui avaient refusé leur fille à un jeune homme très riche, nommé Gonzalo, parce qu'il était de deux ou trois quartiers moins noble qu'eux, la donnent à ce même Gonzalo qui leur arrive avec un déguisement, sous un nom de prince éthiopien, chargé d'une généalogie qui remonte jusqu'à la naissance de Jésus-Christ. Quand le mariage est conclu avec ce jeune noble, que leur fille aime et qui peut seul les arracher à leur déplorable situation, la ruse qu'il a employée se découvre, et le désespoir de ce pauvre grand d'Espagne et de sa femme, qui se croient mésalliés, maintient leur caractère jusqu'au bout. Celle de toutes les pièces de Holberg qui a obtenu le plus de succès, c'est le *Potier d'étain politique.* Cette comédie a bien le caractère danois; les personnages qu'elle met en scène, le langage qu'elle leur prête, la situation où elle les place, portent l'empreinte locale, la couleur du Nord. Mais c'est en même temps une peinture qui s'adresse à tout le monde; c'est la satire d'un ridicule qui se rencontre assez souvent et qui date de loin. C'est en un mot un proverbe plein d'esprit et en tête duquel on pourrait écrire cette sentence de l'antiquité : *Ne sutor ultra crepidam.*

Tant de travaux faits à la hâte avaient épuisé la santé de Holberg. Il se rendit aux bains d'Aix-la-Chapelle et de là vint à Paris. Cette fois ce n'était plus le pauvre et obscur voyageur qui y était venu en observateur aventurier dix ans auparavant, c'était le poète riche et considéré qui avait des droits à être bien accueilli dans le monde. Il visita nos théâtres, il se mêla à nos cercles littéraires et fréquenta assez souvent Fontenelle, Montfaucon, Hardouin; puis il retourna en Danemarck et recommença à écrire des satires. Son premier ouvrage fut une suite de tableaux mordants, une sorte de métamorphoses qui feraient la contre-partie de toutes les métamorphoses connues, à partir d'Ovide jusqu'à Granville, car il change les animaux en hommes, leur donnant à chacun la profession, le caractère le plus analogue à leur naturel, tendre ou vorace, querelleur ou timide. Cette nouvelle publication lui attira un tel déluge de reproches, que le pauvre Holberg ploya docilement la tête et se remit à faire des comédies. C'était la panacée avec laquelle il guérissait les plaies ouvertes par son fiel satirique; c'était le signe de réconciliation entre lui et le public. Cette fois cependant, il n'obtint pas le succès auquel il était habitué. Ses dernières comédies sont loin de valoir les premières; mais il méditait un autre ouvrage dans lequel devait se retrouver toute son étrange imagination et son originalité; je veux parler des *Voyages souterrains de Nicolas Klimm.*

Nicolas Klimm tente de descendre dans un précipice de la Norwége; la corde qui le soutenait se casse, et il tombe à quelques milliers de pieds sous terre, au milieu d'un pays merveilleux. Dans une des contrées de ce nouveau monde, les hommes ont la forme d'arbres, et il se met en grand danger pour avoir monté sur un platane qui se trouve être la femme du bailli; dans une autre les jeunes filles viennent faire la cour aux hommes et les hommes rougissent modestement et se défendent avec pudeur; plus loin ce sont les vieillards qui agissent en étourdis, et les jeunes gens graves et sensés qui les guident à travers la vie et leur donnent des conseils; enfin c'est une suite d'images bouffonnes, d'aventures étranges, de fictions plus grotesques encore que celle de Gulliver, et au fond de tout cela, il y a une idée philosophique vraie et profonde qui se révèle de temps à autre à travers le masque dont l'auteur a voulu l'envelopper. Holberg écrivit son *Nicolas Klimm* en latin, et il fut peu de temps après traduit en sept langues.

C'est là son dernier ouvrage. Il avait acquis une grande réputation; il était riche et influent, et le roi de Danemarck lui accorda le titre de baron, ce qui n'est pas une faveur de peu d'importance dans un pays où les titres aristocratiques excitent encore tant d'ambition. Mais les princes de Danemarck ont plus d'une fois donné des preuves de leur amour pour les lettres. C'est un prince de Danemarck qui, le premier, vint au secours de Klopstock et lui permit de continuer sa *Messiade*, que le pauvre poète avait été obligé de suspendre pour trouver un moyen d'existence. C'est un prince de Danemarck qui, en apprenant que Schiller venait de tomber malade, se hâta de lui envoyer de l'argent, en le priant de ne pas continuer ses travaux et de prendre soin de sa santé.

Outre ses satires et ses comédies, Holberg a encore écrit un recueil d'épîtres, de fables, d'épigrammes, qui sont assez estimées. Il mourut le 27 janvier 1754. Sur la fin de sa vie, il était devenu sujet à des accès d'hypocondrie. D'ordinaire il avait le caractère tourné à la plaisanterie, mais à la plaisanterie sérieuse. Il aimait la société des femmes, il trouvait, dit un de ses biographes, leur entretien plus intéressant, plus naturel que celui des hommes, et cependant il ne se maria pas. Il était d'une grande froideur de tempérament et n'eut rien à souffrir des passions.

Ses comédies, traduites en allemand par son illustre compatriote Oehlenschlæger, ont paru en 1822 à Leipzig. Ses œuvres complètes ont été recueillies par le professeur Rahbeck, et publiées à Copenhague en 1826.

X. Marmier.

LE POTIER D'ÉTAIN

COMÉDIE.

PERSONNAGES.

H. BREME, potier d'étain.
MADAME BREME, sa femme.
LOUISE, leur fille.
MAITRE EHRLICH, amant de Louise.
HENRI, domestique.
ANNA, servante.
DEUX ENFANTS.
MAITRE FRANZ.
UN CHAPELIER.
MAITRE FUCHS, pelletier.
UN AUTRE BOURGEOIS.
SAUER.
UN MAITRE D'ÉCOLE.
HOLZMANN, aubergiste.
M. SAND, marchand.
MADAME SAND, sa femme.
LE DOCTEUR REHFUSS, médecin.
MADAME REHFUSS, sa femme.
DEUX AVOCATS.
LA FEMME D'UN MARÉCHAL FERRANT.
UNE SERVANTE.

La scène se passe dans la maison de Breme. La pièce commence avant midi et dure jusqu'au soir.

ACTE PREMIER.

SCÈNE I.

MAITRE EHRLICH, *seul.*

En vérité, je ne sais ce qui se passe en moi. Je suis si inquiet, si troublé... Il faut que j'aille trouver maître Breme et lui demander sa fille. Il y a long-temps que nous sommes fiancés, elle et moi, mais en secret, et voici la troisième fois que je me mets en route; je reviens toujours aussi sot qu'auparavant. Maintenant encore je n'aurais pas le courage d'y aller, si ma mère ne m'y obligeait et ne me faisait peur. Cette timidité est chez moi un défaut naturel dont je ne puis si facilement me corriger. Dès que je suis à la porte, si je veux frapper, il y a je ne sais quelle main invisible qui m'arrête. Mais courage! allons! Une chose bien entreprise est à moitié achevée. Il n'y a pas à reculer; il faut bien, tôt ou tard, en venir là. Avant tout pourtant je ne dois pas négliger ma toilette, car j'ai entendu dire que depuis quelque temps, maître Breme a pris un grand ton. *(Il dénoue sa cravate et la remet de nouveau, arrange sa perruque et essuie la poussière de ses souliers.)* C'est bien. Je puis frapper. Eh bien! voyez; je ne suis pas honnête homme, s'il n'y a pas là une main pour m'arrêter. Allons donc! allons donc! du courage! Tu n'as pourtant point fait de mal! Et après tout, le plus grand risque que je cours, c'est de recevoir un refus. En ce cas-là, je serai comme beaucoup d'autres. *(Il frappe.)*

SCÈNE II.

HENRI, EHRLICH.

HENRI.

Votre serviteur, maître Ehrlich; à qui désirez-vous parler?

EHRLICH.

A maître Breme, s'il est seul.

HENRI.

Oui, il est seul; mais il lit et médite.

EHRLICH.

Alors il est plus religieux que moi.

HENRI.

Vraiment, si l'on rendait une ordonnance pour faire d'un Hercule un missionnaire, je crois que mon maître serait prêt à prêcher dès qu'on le voudrait.

EHRLICH.

Mais les travaux de son métier lui laissent-ils donc assez de temps pour lire un si grand nombre de livres?

HENRI.

Mon maître a deux fonctions; d'abord il est potier d'étain, ensuite homme politique.

EHRLICH.

Il me semble que ces deux fonctions ne s'accordent guère bien ensemble.

HENRI.

Au contraire, très bien! et nous en avons assez souvent la preuve. Car s'il vient de finir une pièce de poterie, ce qui du reste lui arrive maintenant assez rarement, elle porte tellement l'empreinte politique, qu'il faut aussitôt la refondre. Si vous voulez lui parler, allez le trouver dans sa chambre.

EHRLICH.

J'ai à l'entretenir d'une affaire importante. Entre nous, je veux lui demander en mariage sa fille que je connais déjà depuis long-temps.

HENRI.

C'est là certainement une grande affaire. Ne trouvez pas mauvais, maître Ehrlich, que je vous donne à ce sujet un petit conseil. Quand vous serez avec mon maître, ayez soin de bien peser vos paroles et de donner à vos phrases la tournure la plus élégante, la plus recherchée, car maître Breme est devenu bien singulier.

EHRLICH.

Bah! je ne pourrai pas avoir recours à de tels moyens. Je suis un honnête artisan qui n'ai jamais appris tous ces jolis compliments. Je lui dirai en deux mots que j'aime sa fille et que je désire l'avoir pour femme. Voilà tout.

HENRI, *riant.*

Si vous ne dites rien de plus, je vous assure que vous atteindrez difficilement votre but. Il faut tout au moins que vous entriez en matière par des mots comme ceux-ci : *Attendu, considérant, puisque.* Songez donc que vous vous adressez à un homme d'étude, à un homme qui lit la nuit et le jour tant de livres politiques qu'il en deviendra fou. Il nous a déjà dit, à nous tous qui sommes dans la maison, que nous étions des êtres trop vulgaires. En ce moment il est fâché contre moi et il ne prononce jamais mon nom sans y joindre les épithètes de ridicule et de grossier. Il couve maintenant quelque grave projet. Dieu sait ce que cela peut être. Ainsi, je vous le répète, si vous voulez réussir, suivez mon conseil.

EHRLICH.

Non, je ne le puis. J'irai droit à mon but.

HENRI.

Ce qu'il y a de plus difficile dans une demande de mariage, c'est de savoir de quelle manière commencer. Moi-même je me suis trouvé une fois en pareil cas et j'ai été pendant plus de quinze jours à songer à ce que je dirais. Je savais bien que les premiers mots du discours sont ceux-ci : Attendu, ou puisque; mais passé cela, c'était fini, je ne trouvais plus rien à ajouter. J'allai conter mon embarras au maître d'école Jacob et j'achetai un livre de compliments pour six sous, car on ne les vend pas moins. Mais mon affaire alla encore plus mal; car lorsque j'étais au milieu de mon discours, je ne pouvais plus me souvenir du reste et j'avais honte de tirer le livre de ma poche. Ce qu'il y a de plus curieux, c'est que ce discours je l'ai parfaitement su avant de vouloir m'en servir et après, mais quand le moment est arrivé de le prononcer, il ne m'en est pas revenu un mot.

EHRLICH.

Oui, oui, ce devait être quelque chose de beau.

HENRI.

Oh! sans doute. Ecoutez seulement ce passage. « Je vous présente mes très humbles saluts. Je suis Henri Andersen qui, après s'être long-temps consulté, vient ici, poussé par l'inclination et par l'amour, pour vous faire savoir qu'il n'est pas plus que les autres formé de pierre et de bois. Attendu que et vu que toutes les choses dans ce monde, même les animaux privés de raison, obéissent à l'impulsion de l'amour, en conséquence je viens, avec Dieu et avec l'honneur, tout indigne que je suis, vous prier d'être la bien-aimée de mon cœur. » Voulez-vous me rendre l'argent qu'il m'a coûté, je vous donne ce livre de compliments. Vous ne devez pas le trouver trop cher, car je suis persuadé que quiconque prononcera un tel discours ne peut recevoir nulle part une réponse défavorable. Mais voilà mon maître qui sort, je vous laisse.

SCÈNE III.

MAITRE BREME, MAITRE EHRLICH.

BREME.

Je vous salue, monsieur Ehrlich; qu'y a-t-il pour votre service?

EHRLICH.

Vous savez déjà peut-être, monsieur Breme, que j'aime votre fille depuis long-temps et je viens vous demander si je pourrais obtenir votre consentement à notre mariage.

BREME.

Je vous remercie de venir me faire part de vos sentiments. Vous êtes un brave homme et je crois que ma fille serait très bien avec vous; mais je ne serais pas fâché d'avoir un gendre qui connût la politique.

EHRLICH.

Mon digne monsieur Breme, dans un temps difficile comme celui-ci, peut-on nourrir avec la politique sa femme et ses enfants?

BREME.

Si on le peut? Pensez-vous donc que je veuille mourir potier d'étain? Eh bien! vous changerez d'avis avant qu'une demi-année soit passée. J'espère que, quand j'aurai lu ces dissertations de l'empire des morts, on me confiera quelque charge importante. Les petits détails politiques je les connais sur le bout du doigt, mais cela ne signifie pas grand'chose. Quel dommage que l'auteur n'ait pas donné plus d'étendue à son livre! Vous le connaissez sans doute ce livre?

EHRLICH.

Non, je ne le connais pas du tout.

BREME.

Je veux vous le prêter. Si petit qu'il soit, il est très bon. En confidence, toute ma politique je la dois à ce livre et à Hercule et Herculikus.

EHRLICH.

Mais ce dernier ouvrage est un roman.

BREME.

Oui, oui, et je voudrais voir le monde rempli de tels romans. J'étais il y a quelque temps dans un certain endroit, et un homme distingué est venu me murmurer à l'oreille : « Celui qui lira ce livre avec intelligence pourra régir les affaires les plus graves et même gouverner un royaume. »

EHRLICH.

Très bien; mais si je me mets à lire, je néglige mon métier.

BREME.

Je vous ai déjà dit que je ne continuerai pas le mien et j'aurais même déjà dû le quitter il y a long-temps. Plus de cent personnes dans la ville m'ont répété mainte fois : « Monsieur Breme, monsieur Breme, vous devriez être plus haut placé que vous n'êtes; » et il n'y a que quelques jours encore qu'un bourgmestre s'exprimait ainsi : « Monsieur Breme pourrait être très utile à la ville, s'il exerçait une autre profession que celle de potier d'étain. Cet homme-là sait beaucoup de choses que le conseil ignore totalement. » Aussi le bourgmestre peut-il être sûr que je ne mourrai pas potier d'étain. Voilà pourquoi je voudrais avoir un gendre qui se fût occupé des affaires d'état, afin que nous puissions tous les deux entrer un jour au conseil. Ainsi voulez-vous commencer à vous occuper de politique, j'examinerai chaque soir quels progrès vous aurez faits.

EHRLICH.

Non, monsieur Breme, je ne puis m'y résoudre. Je suis trop vieux pour retourner à une nouvelle école.

BREME.

Eh bien! vous ne pouvez me convenir pour gendre. Adieu, il faut que je sorte.

(*Il sort.*)

SCÈNE IV.

MADAME BREME, MONSIEUR EHRLICH.

MADAME BREME.

Je ne sais plus ce que je dois penser de mon mari; il n'est jamais à la maison et ne s'inquiète pas le moins du monde de ce qu'il a à faire. Je donnerais beaucoup pour savoir où il va toujours... Mais comment, c'est vous, monsieur Ehrlich? Pourquoi êtes-vous seul? Approchez-vous donc.

EHRLICH.

Je vous remercie, madame Breme, je suis un trop pauvre garçon.

MADAME BREME.

Eh bien! qu'est-ce que cela signifie?

EHRLICH.

Votre mari n'a que de grandes idées politiques en tête et pense à devenir bourgmestre. Il ne se soucie plus des gens comme moi. Il se figure être plus sage qu'un notaire.

MADAME BREME.

Ne vous adressez donc pas à lui. Je crois qu'au lieu de devenir bourgmestre il pourra bien n'être qu'un mendiant et s'en aller chercher son pain de porte en porte. Mon cher monsieur Ehrlich, ne vous adressez pas à lui et ne renoncez pas à l'amour que vous avez pour ma fille.

EHRLICH.

Par malheur, monsieur Breme a juré qu'elle n'épouserait qu'un homme habile en politique.

MADAME BREME.

J'aimerais mieux voir mourir ma fille que de lui donner un mari de ce genre. Dans l'ancien temps on appelait homme politique l'homme léger et étourdi.

EHRLICH.

Aussi ne veux-je pas du tout l'être; je veux vivre honorablement du fruit de mon travail. C'est par-là que mon brave père a gagné le nécessaire, et je ferai comme lui. Mais voilà un enfant qui, à ce qu'il me semble, voudrait vous parler.

SCÈNE V.

LES PRÉCÉDENTS, L'ENFANT.

MADAME BREME.

Que demandes-tu, mon ami?

L'ENFANT.

Je voudrais parler à monsieur Breme.

MADAME BREME.

Il n'est pas à la maison. Ne puis-je savoir ce que tu avais à lui dire?

L'ENFANT.

Ma maîtresse m'a chargé de venir voir si les plats qu'elle a commandés il y a trois semaines sont prêts. Nous sommes déjà revenus si souvent, et nous ne recevons jamais que des paroles en l'air.

MADAME BREME.

Fais mes compliments à ta maîtresse et dis-lui qu'elle ne se fâche pas. Les plats seront terminés demain.

(*Il sort.*)

SCÈNE VI.

MADAME BREME, EHRLICH, UN JEUNE HOMME.

LE JEUNE HOMME.

Je viens demander, une fois pour toutes, si les assiettes sont finies. Depuis le temps qu'elles sont commandées, on aurait déjà pu les user. Aussi notre maîtresse de maison a-t-elle bien juré qu'elle ne ferait plus rien faire chez vous.

MADAME BREME.

Écoutez, mon ami, si vous commandez une autre fois quelque chose, adressez-vous à moi. Mon mari a souvent toutes sortes d'idées par la tête, et alors il est complètement inutile de lui parler; mais soyez sûr que tout sera prêt samedi. (*Il sort. — à Ehrlich.*) Voyez pourtant comme va notre maison. La négligence de mon mari nous enlève chaque jour une clientelle après l'autre.

EHRLICH.

N'est-il donc jamais ici?

MADAME BREME.

Très rarement, ou s'il y reste c'est pour bâtir des châteaux en l'air, et on ne le voit plus travailler. Je désire seulement qu'il se souvienne de ce qu'on lui demande; car s'il essaie de faire quelque chose, les ouvriers sont aussitôt obligés de tout refondre. Voici Henri qui peut l'attester.

SCÈNE VII.

LES PRÉCÉDENTS, HENRI.

HENRI.

Il y a là dehors un homme qui vient chercher de l'argent pour le charbon qu'il nous a vendu hier.

MADAME BREME.

Mais où prendre cet argent? Il faut qu'il attende mon mari. Pourrais-tu me dire où il est allé aujourd'hui?

HENRI.

Oui, si vous voulez ne pas me trahir.

MADAME BREME.

Je te le jure.

HENRI.

Il va tous les jours à un cercle qu'on appelle le cercle politique. Il y a là douze personnes qui se réunissent, qui causent et se consultent sur les affaires les plus importantes de l'État.

MADAME BREME.

Où se tient donc cette assemblée?

HENRI.

Tantôt chez l'un, tantôt chez l'autre. Aujourd'hui elle doit venir ici. Mais, pour l'amour du ciel! ne me trahissez pas.

MADAME BREME.

Ah! ah! maintenant je vois pourquoi il m'a tant prié aujourd'hui d'aller rendre visite à la femme du forgeron.

HENRI.

Allez-y et revenez bientôt, vous surprendrez tout le cercle. Hier il était réuni chez Holzmann, dans son cabaret à bière. Je les ai vus là tous rangés sur deux lignes le long de la table; mais M. Breme tenait le haut bout.

MADAME BREME.

Connais-tu quelques membres de cette société?

HENRI.

Je les connais tous: mon maître et l'aubergiste, en voilà deux; Franz le coutelier, trois; le peintre Peusel, quatre; Gilbert le fabricant de chaises, cinq; Rothmann le teinturier, six; le pelletier Fuchs, sept; Hennig le brasseur, huit; Sauer, neuf; Niclas le maître d'écriture, dix; David le maître d'école, onze; Richard le fabricant de brosses, douze.

EHRLICH.

Voilà vraiment des hommes choisis et bien habiles à discuter les affaires d'État! Mais ne sais-tu pas de quoi ils s'entretenaient?

HENRI.

J'ai voulu écouter, mais j'ai peu compris. Je sais seulement qu'ils détrônaient des empereurs, des rois, des électeurs pour les remplacer par d'autres. Tantôt ils parlaient de la douane, des impôts, de la consommation; tantôt des membres du conseil, de l'administration de la ville, des moyens de l'améliorer; tantôt ils consultaient leurs livres, puis ils parcouraient la carte. Richard était là tranquillement assis, un cure-dent à la main, ce qui m'a fait penser qu'il pouvait bien être le secrétaire du conseil.

EHRLICH.

Ah! ah! un fabricant de brosses secrétaire! La première fois que je le rencontrerai, je le saluerai sous ce nouveau titre.

HENRI.

Mais ne lui laissez pas voir que c'est moi qui vous l'ai dit; car je ne veux rien avoir à débattre avec des gens qui déposent ainsi les rois, les princes, et jusqu'au bourgmestre et aux conseillers eux-mêmes.

MADAME BREME.

Mon mari parlait-il?

HENRI.

Pas beaucoup. Il se pinçait le nez, prenait du tabac, laissait parler les autres, et quand tout était tranquille il portait le dernier coup.

MADAME BREME.

Il ne t'a pas reconnu.

HENRI.

Il ne pouvait me voir; j'étais dans l'autre chambre. Mais quand même il m'aurait aperçu, je crois que sa fierté l'eût empêché de me reconnaître; car il avait une mine comme un staroste, ou comme le premier bourgmestre quand il donne audience à un ministre. Aussitôt que ces hommes-là sont réunis, on dirait qu'ils s'imposent l'obligation de ne pas reconnaître leurs meilleurs amis.

MADAME BREME.

Hélas! pauvre femme que je suis! Mon mari nous plongera tous dans le malheur si l'on vient à apprendre au conseil qu'il s'occupe de réformer la ville. Les braves gens de cette ville ne veulent aucune réformation. Faites attention! peut-être notre maison va-t-elle être entourée par la garde, et mon bon Herrmann conduit en prison.

HENRI.

Cela pourrait bien arriver; le conseil n'a jamais eu tant de force que depuis quelque temps. Toute la bourgeoisie ne pourrait protéger M. Breme.

EHRLICH.

Bah! ce sont des plaisanteries. Des gens comme ceux dont vous nous parlez font rire. Qu'est-ce qu'un potier d'étain, un fabricant de brosses, un empailleur de chaises connaissent aux affaires d'État? Le conseil s'amusera d'eux, car il ne peut pas en avoir peur.

MADAME BREME.

Je veux voir si je pourrai les surprendre. Entrez ici.

ACTE DEUXIÈME.

SCENE I.

FRANZ, FUCHS, SAUER, DAVID, RICHARD, HOLZMANN, HENRI, BREME.

BREME.

Henri, fais attention que tout soit arrangé comme il faut. Mets les pots de bière sur la table, et n'oublie pas les pipes. Ils vont venir à l'instant.

(Henri prépare les choses qu'on lui a indiquées. Les associés entrent, saluent Breme, s'asseoient. Breme se met au bout de la table.)

BREME.

Soyez les bienvenus, dignes gens que vous êtes. Eh bien! de quoi parlions-nous la dernière fois?

RICHARD.

Si je ne me trompe, c'était des intérêts de la Pologne.

FUCHS.

Oui, oui, c'est juste. Tout s'arrangera à la prochaine diète. Je voudrais bien être là une heure; je pourrais dire à quelque vayvode certaines choses dont il me saurait gré. Les braves gens ne savent pas en quoi consiste le véritable intérêt de la Pologne. Où a-t-on jamais vu qu'une ville capitale comme Varsovie n'eût pas une flotte et pas une galère? Il faudrait entretenir là une flotte armée pour protéger le royaume. Regardez comme les Turcs sont plus sages; personne mieux qu'eux ne peut nous apprendre à faire la guerre. Il y a en Pologne assez de bois pour faire des mâts et des vaisseaux. Une fois cette flotte mise en état, on n'aurait pas à craindre que les Turcs et les Russes vinssent assiéger Chorzim, et l'on naviguerait en droite ligne vers Moscou et vers Constantinople. Mais personne n'a encore eu cette idée-là.

SAUER.

Non, vraiment, personne. Nos ancêtres savaient mieux se conduire. La Pologne n'est maintenant pas plus petite qu'elle ne l'était il y a long-temps. Alors, non-seulement elle se défendait avec courage contre les attaques de ses voisins, mais encore elle s'empara d'une grande partie de la Russie et assiégea Moscou par mer et par terre.

FRANZ.

Mais Moscou n'est pas une ville maritime.

SAUER.

Il faut donc que je comprenne mal la carte du pays. Je sais très bien où est situé Moscou. Voici la Russie, là où je mets le doigt; ici la mer Noire, à côté Oczakow et Moscou.

FRANZ.

Non, frère! Voici la situation de la Russie, elle touche immédiatement à la Turquie; ainsi Moscou ne peut pas être une ville maritime.

SAUER.

N'y a-t-il donc point de lac à Moscou?

FRANZ.

Non, pas le moindre. Le Moscovite qui n'est jamais sorti de son pays ne peut se faire une idée d'un navire ou d'un bateau. Demande plutôt à maître Breme. N'est-ce pas vrai, maître Breme?

BREME.

Je vais en un instant décider la question. Henri, donne-moi la carte d'Europe.

HENRI.

La voici, mais elle est déchirée.

BREME.

N'importe. Je connais la situation de Moscou, mais je demande cette carte pour convaincre les autres. Regardez, Sauer, voilà la Russie.

SAUER.

C'est juste, on la reconnait au fleuve de la Volga qui coule ici.

(En disant cela il renverse son verre, et la bière se répand tout le long de la carte.)

HENRI.

Cette fois la Volga coule un peu trop fort.

(Tous rient.)

BREME.

Écoutez, nous nous occupons trop de choses étrangères. Parlons aussi de Dantzig; il y a là de quoi faire. Je me suis souvent demandé d'où vient que nous n'avons point de ville dans les Indes, et qu'il nous faille toujours acheter nos épices; le bourgmestre et le conseil ne pourraient-ils pas s'occuper d'une telle question?

RICHARD.

Bah! ne me parlez pas du bourgmestre et du conseil; si nous voulons attendre jusqu'à ce qu'ils pensent, nous attendrions long-temps. Ici, à Dantzig, on ne fait l'éloge du bourgmestre que quand il entrave la liberté de la bourgeoisie.

BREME.

Je pense qu'il n'est pas encore trop tard; car pourquoi le roi des Indes ne nous accorderait-il pas les priviléges qu'il a accordés aux Hollandais, qui ne lui portent cependant que du beurre et du fromage? encore cela se gâte-t-il en route. Je pense que nous ferions bien d'adresser à ce sujet une demande au conseil. Combien sommes-nous ici?

SAUER.

Nous sommes seulement six, et je ne crois pas que les autres viennent aujourd'hui.

BREME.

Cela suffit. Qu'en pensez-vous, Holzmann?

HOLZMANN.

Je ne puis guère me rendre à votre proposition; car, après de telles démarches, je vois s'en aller de mon auberge un grand nombre de personnes qui avaient l'habitude de m'apporter chaque jour leur argent.

SAUER.

Je crois que l'on doit moins consulter son intérêt particulier que l'intérêt général. La proposition de Breme me paraît être l'une des plus admirables que l'on ait faites depuis long-temps. Plus le commerce fleurit, plus il arrive de vaisseaux, plus il y a là pour nous de serviteurs. Mais ceci ne me touche pas; l'intérêt de la ville est le seul motif qui me fasse accéder à cette proposition.

FUCHS.

Pour moi, je ne puis être du même avis; je propose d'envoyer des compagnies de commerce vers le Groënland; ce serait beaucoup plus avantageux pour la ville.

FRANZ.

Il est aisé de voir que Fuchs vote dans un intérêt personnel, et non pas en vue du bien public; car un voyage dans les Indes ne présente pas à un pelletier le même attrait qu'un voyage dans le Nord. Quant à moi, je suis persuadé que le commerce indien est au-dessus de tous les autres. Dans les Indes, on peut recevoir en échange d'un couteau et d'une fourchette, etc., un morceau d'or du même poids. Mais il faut rédiger notre demande, si nous voulons la présenter au conseil, et la rédiger de manière à ce qu'on voie bien que nous agissons avec le plus grand désintéressement.

RICHARD.

Moi, je suis complètement de l'opinion exprimée par Niclas, le maître d'école.

BREME.

Tu votes comme un fabricant de brosses.

Niclas n'est pas ici... Mais que veut cette femme? C'est sans doute la mienne.

SCÈNE II.

MADAME BREME, LES PRÉCÉDENTS.

MADAME BREME.

Ah! te voilà donc, vaurien d'homme! Il vaudrait bien mieux que tu fusses à ton ouvrage, ou que du moins tu fisses attention à tes ouvriers. Nous souffrons de tes négligences, et c'est ta mauvaise conduite qui est cause de tout cela.

BREME.

Tranquillise-toi, ma chère, tu seras femme de bourgmestre, avant que tu puisses seulement le deviner. Ne t'imagine pas que si je sors ainsi c'est pour le plaisir de passer mon temps. Oui, oui, j'ai dix fois plus à faire que vous tous. Vous autres vous travaillez seulement des mains, mais moi je travaille avec la tête.

MADAME BREME.

C'est ainsi que font les gens dépourvus de raison. Ils bâtissent des châteaux en l'air et se tourmentent le cerveau avec d'incroyables folies. Ils se figurent connaître les affaires les plus importantes et ne peuvent pas mettre en ordre la plus petite chose.

FUCHS.

Si j'avais une telle femme, en vérité il ne faudrait pas qu'elle me parlât deux fois de la sorte.

BREME.

Allons, monsieur Fuchs, un homme politique ne doit pas faire attention à de telles paroles. Il y a trois ans, je n'aurais sans doute pas pu rester assis; mais depuis que j'ai commencé à lire des livres de politique, j'ai appris à dédaigner tout cela. *Qui nescit simulare nescit regnare*, a dit un vieux politique qui certainement n'était pas un fou. Je crois qu'il s'appelait Agrippa ou Albert-le-Grand. C'est là la base de toute la politique. Celui qui ne peut supporter quelques paroles injurieuses d'une femme en colère n'est pas propre à remplir de hautes fonctions. Le sentiment de calme, de tranquillité est la plus grande de toutes les vertus. C'est là le bijou qui sied le mieux aux princes et aux grands de ce monde. Ainsi je suis d'avis que personne dans notre ville ne devrait être admis au conseil sans avoir auparavant donné des preuves de ce sang-froid, sans avoir montré qu'il peut supporter les injures et même les coups. Je suis de ma nature assez violent, mais je cherche à vaincre ces défauts par l'étude. J'ai lu dans la préface d'un livre intitulé *la Merluche politique* (stockfisch[1]), que, s'il vous vient un mouvement subit de colère, vous devez compter jusqu'à vingt et votre colère se passe.

FUCHS.

Eh bien! pour moi cela serait très inutile, quand je compterais même jusqu'à cent.

BREME.

Aussi ne faut-il regarder cela que comme un moyen secondaire. Henri, verse de la bière à ma femme sur la petite table.

MADAME BREME.

Tais-toi, mauvais homme; crois-tu donc que je ne sois venue ici que pour boire?

BREME.

1, 2, 3, 4, 5, 6, 7, 8, 9, 10, 11, 12, 13. Maintenant c'est déjà passé. Écoute, ma bonne femme; tu ne dois pas te conduire si grossièrement envers ton mari. Vois-tu, c'est d'un genre si commun!

MADAME BREME.

Est-ce plus distingué d'aller mendier? Il me semble qu'une femme est assez en droit de se plaindre si elle a un mari comme toi, qui ne fais rien et qui nous plonge tous dans le besoin.

BREME.

Henri, donne à ma femme un verre d'eau-de-vie, car elle est échauffée.

MADAME BREME.

Henri, donne à mon mari une paire de soufflets.

HENRI.

Soyez assez bonne pour le faire vous-même; je n'aime pas à me charger de pareilles commissions.

MADAME BREME

Soit.

(*Elle donne un soufflet à son mari.*)

BREME; *il compte depuis un jusqu'à vingt. Il fait encore un geste comme pour rendre le soufflet, mais il compte de nouveau jusqu'à vingt.*

Femme, femme, si je n'étais pas un politique, il t'en serait mal advenu de cette sottise.

FUCHS.

Bah! si vous ne voulez pas tenir la bride plus serrée à votre femme, moi je m'en charge. (*Il la chasse.*) Allons, partez.

(*Madame Breme leur crie des injures du dehors.*)

SCÈNE III.

(*L'assemblée politique.*)

FUCHS.

Je veux lui apprendre à rester une autre

(1) Stockfisch est en Allemagne un mot proverbial dont on se sert pour désigner un sot, un être ridicule. On dit d'un homme : C'est un stockfisch, comme on dirait dans un autre sens : C'est un étourneau.

fois chez elle. J'avoue que si pour être politique il faut ainsi se laisser prendre aux cheveux par sa femme, moi je ne le serai jamais.

BREME.

Bah! bah! *Nescit simulare, nescit regnare.* C'est facile à dire, mais beaucoup moins à pratiquer. J'avoue que ma femme m'a offensé ; je devrais courir après elle et lui donner dans la rue mon pour-boire. Mais 1, 2, 3, 4, 20! Maintenant c'est passé; parlons d'autre chose.

FRANZ.

Les femmes de Dantzig ont toujours trop à dire.

FUCHS.

C'est vrai. J'ai souvent voulu vous entretenir d'un projet qui pourrait bien soulever un grand débat entre elles; c'est là le malheur, mais le projet est bon.

BREME.

En quoi consiste-t-il!

FUCHS.

Il renferme peu d'articles. 1° Je voudrais que le contrat de mariage ne se fît pas pour toute la vie, mais seulement pour quelques années. Si l'homme n'était pas content de sa femme, il pourrait former un contrat avec une autre ; mais il serait obligé de la prévenir trois mois d'avance, comme lorsque l'on quitte une maison à Pâques, ou à la Saint-Michel. Si au contraire il se trouvait bien avec elle, le contrat durerait indéfiniment. Croyez-moi, avec une telle loi on ne trouverait pas une seule méchante femme; toutes chercheraient à plaire à leurs maris pour prolonger le contrat. Avez-vous quelque objection à faire à ce premier article? Voyons, Franz, je te vois rire d'un air malin ; tu as sans doute quelque chose à dire?

FRANZ.

Ne pourrait-il pas arriver souvent qu'une femme fût enchantée de se séparer de son mari, si c'est un homme de mauvaise conduite, qui ne sait que boire et que manger, qui ne travaille pas et ne fait rien pour être utile à sa femme et à ses enfants? ou ne pourrait-elle pas en aimer un autre, et faire tant de sottises à son mari qu'il fût forcé malgré lui de la quitter? Je suis persuadé qu'il résulterait de tout cela de grands désordres ; il y a toujours assez de moyens de mettre une femme à la raison. Si chacun voulait recevoir des soufflets de la sienne, rester tranquillement assis, et compter jusqu'à vingt comme maître Breme, certainement nous aurions de méchantes femmes. Pour moi je ne connais pas de meilleur moyen pour gouverner une femme que de la menacer de faire ménage à part, et de ne retourner auprès d'elle que quand elle est devenue plus douce.

BREME.

Parlons d'autre chose. Les gens qui nous écoutent pourraient penser que nous tenons un consistoire. Cette nuit je ne pouvais pas dormir, et je me demandais quelle serait la meilleure forme de gouvernement à établir à Dantzig, et quel moyen il y aurait de repousser des hautes dignités certaines familles, où l'on va toujours prendre les conseillers et les bourgmestres, et d'établir une liberté complète. L'idée m'est venue alors que le meilleur moyen serait de choisir le bourgmestre tantôt dans un métier, tantôt dans un autre; par-là toute la bourgeoisie prendrait part au gouvernement et toutes les classes de la société fleuriraient. Si, par exemple, un orfèvre devient bourgmestre, il encouragerait l'orfèvrerie ; un tailleur prendrait soin des tailleurs et un potier d'étain chercherait à relever sa profession. Personne ne devrait exercer les fonctions de bourgmestre plus d'un mois, afin qu'un métier ne fût pas plus favorisé que l'autre ; si l'administration était une fois établie de cette manière, on aurait raison d'appeler Dantzig ville libre.

TOUS.

Cette idée est excellente, maître Breme ; vous parlez comme un Salomon.

FRANZ.

C'est très bon, mais...

FUCHS.

Tu viens toujours avec tes mais! Qu'as-tu à dire?

BREME.

Il est libre d'exprimer son opinion. Que pensez-vous avec votre mais?

FRANZ.

Je pense qu'il serait difficile de trouver dans chaque métier un homme assez habile pour être bourgmestre. Maître Breme, c'est bien ; lui a étudié ; mais quand il sera mort, quel est celui des potiers d'étain qui pourrait remplir de telles fonctions? Car s'il survient de grandes affaires à une ville, il est moins facile de les diriger comme il faut que de refondre une assiette ou un vase dont on ne pourrait plus se servir.

FUCHS.

Plaisanteries! Il y a parmi les ouvriers des hommes fort intelligents.

BREME.

Écoute, mon cher Fuchs; tu es encore un jeune homme, tu ne peux pas voir les choses avec un coup d'œil aussi pénétrant que nous autres. Je remarque cependant que tu as une bonne tête, et qu'avec le temps tu pourras en faire usage; je veux seulement te montrer que tes observations ne peuvent s'appliquer à aucun de nous. Nous formons une société de douze personnes, tous ouvriers; il n'y en a pas un parmi nous qui ne puisse remarquer dans l'administration une masse de fautes qui échappent au conseil. Figure-toi donc que l'un de nous devienne bourgmestre et qu'il corrige les erreurs dont nous nous sommes si souvent entretenus; crois-tu que Dantzig perdrait à une telle administration? Ainsi, messieurs, je rédigerai ma proposition et je vous la remettrai.

TOUS.

C'est bien, monsieur Breme.

SAUER.

Mais en voilà assez sur ce sujet; le temps passe, et nous n'avons pas encore lu les journaux. Henri, apporte-nous les dernières feuilles d'avis.

HENRI.

Les voilà.

BREME.

Donne-les au fabricant de brosses qui nous les lira.

RICHARD *lit.*

« On écrit du camp de Varo que l'on attend les renforts de la Sardaigne pour entrer en Provence et porter la guerre sur le sol français. »

BREME.

Voilà la deuxième fois qu'on écrit la même chose. Cela m'ennuie à la mort d'en entendre encore parler. Voyons plus loin.

RICHARD.

« Le général Broune et le général Botta repoussent les Français près d'Antibes, s'emparent de Toulon [1], et veulent prendre Marseille, pour pouvoir recevoir par mer des secours de Gênes et de la Sardaigne. »

BREME.

Ah! ah! Ces gens sont en vérité frappés d'aveuglement. Ils sont tous perdus; je ne donnerais pas deux sous de toute l'armée.

FUCHS.

Je soutiens que le comte a très bien agi; mais ils doivent aller à Lyon et ruiner les manufactures françaises, prendre tous les ouvriers en soie, en bijouterie, et les amener à Vienne, afin que l'Allemagne ne soit plus obligée de porter son argent à la France; car le roi de France a fait jusqu'à présent la guerre aux frais de l'Allemagne. Il y a tant de fous qui croient que ce qui ne vient pas de la France n'est bon à rien! N'est-ce pas là ce que je vous disais la dernière fois? n'est-ce pas ainsi qu'on aurait dû commencer?

FRANZ.

Non, je ne m'en souviens pas.

FUCHS.

Je l'ai dit plus de cent fois : Pourquoi envoyons-nous notre argent en France? Nos jeunes messieurs s'en vont tous faire une tournée à Paris, et quand ils nous arrivent ils sont bariolés comme des arlequins. Pourquoi les femmes de marchands ne portent-elles que des robes qui viennent de France?

BREME.

Henri, donne-moi un verre d'eau-de-vie. Je puis vous assurer que je ne sais ce qui se passait en moi pendant que j'entendais lire ce journal. Eh bien! je vous l'avoue, voilà ce que j'appelle une affaire grave! Se hasarder jusqu'à pénétrer en France!

SAUER.

J'en aurais fait tout autant, si l'on m'avait confié l'armée.

FRANZ.

Quelle idée! Crois-tu donc que l'on pourrait faire de toi un général?

SAUER.

Tu n'as pas besoin de te moquer de moi. Je remplirais cette place tout aussi bien qu'un autre.

FUCHS.

Tu as raison, Sauer, de dire qu'ils ont bien fait de marcher droit au-devant de l'ennemi et de pénétrer dans le pays.

BREME.

Mon cher Fuchs, vous êtes beaucoup trop occupé de votre sagesse. Vous avez encore beaucoup à apprendre.

FUCHS.

Je n'apprendrai au moins rien d'un coutelier.

(*Une violente dispute s'élève entre eux tous. Ils se lèvent, se provoquent, se font des menaces.*)

BREME *frappe sur la table, et crie.*

Paix! silence! Ne parlons plus de cela; chacun peut avoir son opinion. Écoutez, messieurs, écoutez; pensez-vous que le comte Broune n'ait pas réfléchi à ce qu'il entreprenait? Oui, il avait lu la chronique d'Alexandre-le-Grand, qui poursuivit ainsi Darius jusque dans son royaume et remporta sur

(1) Je pense que ceci doit se rapporter à la guerre de 1707, à l'époque où le prince Eugène et le duc de Savoie assiégeaient Toulon par terre, tandis que la flotte anglaise et hollandaise l'assiégeait par mer. Malgré tous les efforts des assaillants, ils furent obligés de lever le siége. Holberg ne s'est pas cru obligé de mettre entre les mains des associés de Breme un journal qui leur donnât des nouvelles bien exactes. N. du trad.

lui une victoire aussi mémorable que celle de Hochstædt [1].

HENRI.

Voilà minuit qui sonne.

BREME.

Il faut donc nous séparer. A une autre fois les autres questions.

(Ils s'en vont et se disputent le long du chemin.)

ACTE TROISIÈME.

SCÈNE I.

Une rue.

LE DOCTEUR REHFUSS, SAND, CHRISTOPHE.

REHFUSS.

Je veux vous raconter une chose dont toute la ville rira. Savez-vous ce que j'ai imaginé avec trois autres de mes amis qui ont l'humeur joyeuse comme moi?

SAND.

Non.

REHFUSS.

Vous connaissez le sage par excellence, le potier d'étain, Hermann Breme?

SAND.

C'est celui, si je ne me trompe, qui demeure dans cette maison et qui croit être un si grand homme politique.

REHFUSS.

Lui-même. Je me trouvais dernièrement avec quelques membres du conseil, qui étaient très fâchés contre lui parce qu'il s'en allait dans une auberge parler mal du conseil et qu'il voulait tout réformer. Ils eussent été d'avis qu'on lui dît de se tenir sur ses gardes, et qu'au besoin on lui infligeât une punition pour servir d'exemple aux autres.

SAND.

Ce serait très bien fait de punir cette espèce de gens-là. A peine se trouvent-ils en face d'un pot de bière qu'ils se mettent à crier contre le roi, les princes et les personnes en charge; c'est effroyable à écouter, et cela peut même être dangereux. Car le peuple n'a pas assez d'intelligence pour sentir ce qu'il y a de faux, d'absurde à entendre un potier, un chapelier, un fabricant de brosses raisonner sur des choses qui sont tellement au-dessus de leur portée.

REHFUSS.

C'est vrai. Un potier d'étain de cette trempe anéantirait le royaume de Pologne en moins de temps qu'il ne lui en faut pour fondre une assiette, et sous sa main le pays changerait de forme aussitôt qu'un vase. Cependant je ne pus pas être de l'opinion des membres du conseil, qui voulaient que l'on sévît contre lui; car si l'on punit cet homme, si on le jette en prison, il s'élèvera une rumeur parmi le peuple et tout cela ne fera que jeter plus d'intérêt sur cette espèce de fou. Je suis d'avis au contraire que l'on joue avec lui une comédie, et je suis sûr qu'elle produira un meilleur effet.

SAND.

Mais, comment?

REHFUSS.

Il faut lui envoyer, de la part du conseil, des députés qui lui annoncent qu'il vient d'être investi des fonctions de bourgmestre et qui lui demandent ensuite une solution à diverses affaires assez difficiles. D'abord on verra par-là combien il a peu de ressources et ensuite il apprendra lui-même qu'il y a une grande différence entre le plaisir de critiquer et la difficulté de faire.

SAND.

Mais qu'en résultera-t-il?

REHFUSS.

Qu'il demandera lui-même qu'on le délivre de ses fonctions et qu'il avouera humblement son incapacité. Je me suis adressé à vous précisément pour vous prier de m'aider, car je sais que vous êtes en pareil cas on ne peut plus habile.

SAND.

C'est bon; j'y consens. Nous sommes les députés, nous n'avons qu'à aller le trouver.

REHFUSS.

Voici sa maison. Christophe, frappe, et dis que deux membres du conseil sont ici et désirent parler à M. Breme.

SCÈNE II.

LES PRÉCÉDENTS, BREME.

BREME.

Qui demandez-vous?

[1] La plus malheureuse de toutes les batailles qui se livrèrent pendant cette fatale guerre de la Succession que Louis XIV voulut soutenir contre l'Europe entière. Elle se donna le 13 août 1704. L'armée française unie à l'armée bavaroise se composait d'environ 56,000 hommes. L'armée ennemie, commandée par Marlborough et le prince Eugène, en avait 52,000. L'armée française fut mise complètement en déroute; plus de 10,000 hommes restèrent sur le champ de bataille; le maréchal Tallard fut fait prisonnier. C'est depuis cette bataille funeste que la fortune de Louis XIV alla toujours en déclinant. *N. du trad.*

CHRISTOPHE.

Il y a là deux membres du conseil qui désireraient avoir l'honneur de faire la connaissance de monsieur Breme.

BREME.

Ah! diable, comme cela arrive! Je suis si mal mis, si sale!

REHFUSS.

Votre très humble serviteur, mon puissant seigneur et bourgmestre. Nous sommes envoyés par le conseil pour vous dire quelles hautes fonctions viennent de vous être confiées et vous adresser nos félicitations. Le conseil, en vous choisissant, a voulu montrer qu'il savait apprécier votre mérite.

SAND.

Le conseil éclairé n'a pas pu se déterminer à voir un homme comme vous continuer plus long-temps des occupations indignes de lui et emporter peut-être au tombeau son grand trésor de science.

BREME.

Dignes et respectables collègues, veuillez présenter au conseil, dont j'admire la sagesse, mes salutations et mes remerciements, et assurez-le qu'il aura ma protection. J'aime à voir que l'on en vienne enfin à agir, non plus dans l'intérêt des individus, mais dans celui de la ville; car mes vues se seraient élevées bien haut, si j'avais pu les rendre utiles à mes concitoyens.

REHFUSS.

Très noble bourgmestre, le conseil et la bourgeoisie ne peuvent attendre d'une administration comme la vôtre que la plus grande prospérité de la ville.

SAND.

Et cependant il y a beaucoup de gens riches, puissants, distingués, qui ont sollicité cette place.

BREME.

Oui, oui; eh bien! j'espère que le conseil n'aura pas à se repentir de son choix.

REHFUSS et SAND.

Nous nous recommandons à votre bienveillance.

BREME.

Ce sera pour moi un vrai plaisir si je puis vous rendre quelque service. Excusez-moi si je ne vous accompagne pas plus loin.

SAND.

Je vous en prie; il ne conviendrait pas que Votre Seigneurie se donnât la peine...

BREME *appelle le laquais.*

Tiens, camarade, voilà pour boire un verre de vin.

LE LAQUAIS.

Je rends grâces à Votre Seigneurie; je n'ose accepter.

SCÈNE III.

La maison de Breme.

MONSIEUR BREME, MADAME BREME.

BREME.

Femme! femme!

MADAME BREME *répond de l'autre chambre.*

Je n'ai pas le temps.

BREME.

Viens vite! je veux t'apprendre une nouvelle que tu n'aurais jamais imaginée, pas même en rêve.

MADAME BREME.

Eh bien! qu'est-ce donc?

BREME.

As-tu du café à la maison?

MADAME BREME.

Qu'est-ce que tu nous chantes là? Il y a des années, quand j'étais enceinte, j'en buvais.

BREME.

Maintenant tu en auras besoin; dans une demi-heure peut-être toutes les femmes de conseillers viendront se présenter chez toi.

MADAME BREME.

Écoute, Breme, ne me mets pas encore en colère; tu sais ce qui est arrivé la dernière fois.

BREME.

N'as-tu pas vu ces deux messieurs qui viennent de sortir avec leur domestique?

MADAME BREME.

Oui, vraiment, je les ai vus.

BREME.

Eh bien! ils venaient précisément m'annoncer que j'avais été élu bourgmestre.

MADAME BREME.

Ah! mon Dieu! que dis-tu là?

BREME.

Applique-toi donc dès maintenant, ma bonne femme, à me traiter avec plus de respect; tâche aussi de prendre un air plus distingué, et cache, aussi bien que possible, tout ce qui pourrait trahir notre ancien métier de poterie.

MADAME BREME.

Ainsi c'est donc vrai, mon petit cœur d'homme, te voilà bourgmestre!

BREME.

Aussi vrai que me voilà devant toi. Nous allons bientôt voir pleuvoir autour de nous toutes les félicitations des très humbles serviteurs et servantes, et notre maison sera pleine d'envoyés étrangers et de grands seigneurs.

MADAME BREME, *à genoux.*

Ah! mon cher et digne mari, mon cœur, pardonne-moi de t'avoir quelquefois offensé.

BREME.

C'est déjà pardonné. Le bourgmestre ne punit pas les fautes commises envers le potier d'étain[1]. Tâche seulement de ne pas avoir l'air si commun, et je te promets mes bonnes graces. Mais où pourrons-nous trouver tout de suite un laquais? car il faut que j'en aie un.

MADAME BREME.

Nous donnerons à Henri un de tes vieux habits jusqu'à ce que nous puissions faire une livrée en règle. Mais écoute; à présent que tu es bourgmestre, je te supplie de faire punir, comme ils le méritent, Fuchs et Kurschner, pour les injures qu'ils m'ont dites l'autre jour.

BREME.

Non, ma chère; une femme de bourgmestre ne doit penser à rien d'injuste et ne pas songer à se venger des injures qu'elle a subies comme femme de potier. Nous allons appeler Henri. — Henri!

(*Breme se promène très gravement de long en large dans la chambre, l'esprit tout occupé de réflexions.*)

SCÈNE IV.

MONSIEUR BREME, MADAME BREME, HENRI.

HENRI.

Eh!

MADAME BREME.

Henri, tu ne dois plus répondre de la sorte. Sais-tu quel bonheur nous est arrivé?

HENRI.

Non, je ne sais pas.

MADAME BREME.

Pense donc! mon mari a pourtant été nommé bourgmestre!

HENRI.

Où donc? à Hela[2]?

MADAME BREME.

Non, mauvais serpent! à Dantzig.

HENRI.

Pourquoi pas à Paris? C'est là ce que j'appelle le saut désespéré; de potier d'étain devenir bourgmestre.

BREME.

Henri, parle plus modestement. Tu es maintenant laquais chez un homme distingué.

HENRI.

Laquais! laquais! cela ne veut pas dire grand'chose.

(1) Parodie de ces admirables paroles: « Le roi de France ne venge pas les injures faites au duc d'Orléans. »

(2) Pauvre petit amas de cabanes au bord d'un lac dans le cercle de Dantzig.

BREME.

Avec le temps tu peux avancer; tu pourrais devenir employé de l'État; prends seulement ton parti. Tu seras mon laquais pendant quelques jours, jusqu'à ce que je m'en sois procuré un autre, et tu porteras ma grande redingote brune, en attendant que la livrée soit faite.

MADAME BREME.

Mais j'ai peur qu'elle ne soit trop longue.

BREME.

Sans doute qu'elle lui sera trop longue; mais il faut se hâter de l'arranger aussi bien que possible.

HENRI.

La redingote me descend plus bas que les talons; j'aurai l'air d'un juif polonais.

BREME.

Écoute, Henri.

HENRI.

Oui, maître.

BREME.

Allons! âne que tu es! ne reviens pas encore me jeter ton *maître*. Désormais, quand je t'appellerai, tu répondras: Votre Seigneurie; et si quelqu'un vient me demander, tu diras: Monsieur le bourgmestre de Bremenfeld n'est pas à la maison.

HENRI.

Dois-je toujours répondre ainsi, que monsieur soit à la maison ou qu'il n'y soit pas?

BREME.

Si je ne suis pas à la maison tu diras: Monsieur le bourgmestre de Bremenfeld n'est pas à la maison; et si je ne veux voir personne tu diras: Monsieur le bourgmestre ne donne point d'audience aujourd'hui. Ecoute, ma femme, il faut préparer du café afin de pouvoir en offrir aux femmes de conseillers. Il faut que notre réputation se fasse à tous deux: il faut que l'on dise de nous: Le bourgmestre de Bremenfeld donne de bons conseils et sa femme de bon café. Je crains bien que tu ne commettes quelques gaucheries avant que de savoir prendre le ton convenable à la position où tu es parvenue. Henri, cours vite; tâche de te procurer une théière et quelques tasses. Dis à la fille d'acheter pour quelques sous de café, on pourra en acheter davantage quand on voudra. (*Le domestique sort. — A sa femme.*) Prends ceci pour règle, mon enfant: ne parle pas beaucoup en société jusqu'à ce que tu aies appris à conduire passablement la conversation; ne te montre pas trop humble; maintiens ta dignité, et surtout efforce-toi de faire disparaître la vieille nature de potier d'étain et de te présenter comme si tu étais femme de bourgmestre depuis long-temps. Le matin la table à thé doit être prête pour les personnes qui nous viendraient; l'après-midi le café, et alors on jouera aux cartes. Il y a un certain jeu qu'ils appellent l'hombre; je donnerais bien cent écus pour que notre fille Louise pût le jouer. Tâchez donc de regarder attentivement quand les autres le jouent afin de l'apprendre. Le matin tu resteras au lit jusqu'à neuf ou dix heures, car il n'y a que les gens du commun qui se lèvent avec le jour en été. Mais le dimanche tu te lèveras un peu plus tôt, car ce jour-là je veux prendre médecine. Il faut te procurer une jolie petite tabatière que tu placeras sur la table près de toi pendant que tu joueras. Si quelqu'un boit à ta santé, tu ne diras pas : Je vous remercie, mais : Votre très humble serviteur [1]; et si tu bâilles, ne mets pas la main devant ta bouche, ce n'est plus l'usage parmi les gens distingués. Enfin, quand tu te trouveras en société, ne te montre pas trop modeste et mets parfois l'honnêteté un peu de côté... Ah! j'oubliais encore quelque chose. Il faudra que tu aies un petit chien que tu aimeras autant que ton enfant, car c'est là le bon genre. Notre voisine en a un très joli, elle te le prêtera bien. Tu lui donneras un nom français que je t'indiquerai moi-même, quand j'aurai le temps d'y songer. Le chien reposera constamment sur toi et tu lui donneras pendant que tu auras du monde au moins deux gros baisers.

MADAME BREME.

Oh! non, mon cher, cela ne se peut pas. On ne sait où un chien va se traîner, et en l'embrassant comme tu dis on court risque de se salir.

BREME.

Qu'est-ce que cela signifie? Veux-tu être une femme distinguée? Alors sache donc prendre les manières qui conviennent aux femmes distinguées. Un chien de cette sorte peut aussi servir de sujet d'entretien; car si tu ne sais rien de mieux à dire, tu peux te mettre à raconter les vertus et les talents de ton petit chien. Ainsi fais ce que je te dis; je sais mieux que toi comment agissent les gens du grand monde. Prends-moi pour exemple, tu ne remarqueras pas en moi la plus petite trace de mon ancienne manière de vivre. Mais nous avons encore plusieurs préparatifs à terminer; va, mon enfant, et arrange tout pour le mieux. J'ai quelque chose à dire à Henri; envoie-le-moi.

SCÈNE V.

BREME, HENRI.

BREME.

Ecoute, Henri.

HENRI.

Monsieur le bourgmestre.

BREME.

Penses-tu que ma subite fortune ne m'attire pas beaucoup d'ennemis?

HENRI.

Eh! que vous importent vos ennemis? Je voudrais bien voir que l'on me nommât bourgmestre. Comme je dompterais ceux qui ne m'aimeraient pas!

BREME.

La seule chose qui m'inquiète encore ce sont quelques cérémonies. Le monde se laisse gouverner par le pédantisme et il s'attache plus à de misérables détails qu'au fond des choses mêmes. Ah! que je me trouverais soulagé si le jour de mon installation au conseil était passé; car une affaire importante ce n'est rien pour moi, mais il faut songer comment je saluerai mes collègues sans manquer aux usages reçus.

HENRI.

Bah! monsieur le bourgmestre, un brave homme ne s'attache pas ainsi aux cérémonies. Pour moi, en pareil cas, je donnerais ma main à baiser aux conseillers et je me rendrais le front aussi sérieux que possible, afin de leur faire voir que je ne suis pas un oiseau de trafic.

BREME.

Mais pense donc que le même jour il faudra prononcer un discours. Je sais que je puis faire un discours aussi bien que qui ce soit, car je pourrais prêcher, et même demain s'il le fallait; mais comme je n'ai jamais vécu dans une telle assemblée, j'ignore de quelles formules on se sert.

HENRI.

Mon digne monsieur Breme, ce sont les maîtres d'école qui tiennent aux formules. Si j'étais bourgmestre, je dirais en deux mots tout simplement : Nobles et sages seigneurs,

(1) Dans cette fine satire des ridicules du grand monde, Holberg ne pouvait pas oublier la manie qui s'était répandue au dix-huitième siècle en Allemagne, en Hollande, et dans les états du Nord de l'Europe d'entremêler sans cesse à la conversation des phrases françaises. Ce besoin de montrer que l'on savait le français allait même si loin qu'il se manifeste, de la façon la plus ridicule, jusque dans les compositions littéraires de cette époque. Il n'est pas rare, par exemple, de trouver des poésies allemandes où un mot français arrive tout à coup pour rimer avec le mot allemand. On ne parlait que français à la cour des princes, et dans la haute société, et les bourgeois qui voulaient imiter les grands seigneurs, et qui n'étaient pas aussi versés dans la connaissance de la langue à la mode, cherchaient du moins, comme M. Breme, à en retenir quelques mots. De là des marqueteries d'entretien sur lesquelles on a déjà écrit d'excellentes plaisanteries. *N. du trad.*

il doit paraître étrange de voir un malheureux potier d'étain élevé tout à coup à la dignité de bourgmestre.

BREME.

Fi donc ! ce serait un mauvais commencement.

HENRI.

Non, c'est vrai, cela ne devrait pas commencer ainsi ; je dirais : Je vous remercie, nobles et sages seigneurs, d'avoir choisi un misérable potier d'étain comme moi pour...

BREME.

Tu reviens toujours avec ton maudit potier d'étain. Ce serait de la dernière inconvenance que je m'en allasse parler de la sorte au conseil, car je dois me présenter comme si j'étais né bourgmestre. Un discours comme celui que tu m'indiques n'attirerait sur moi que les risées. Non, Henri, tu ne serais qu'un méchant orateur. Pas un homme ne doit me dire désormais que j'ai été potier d'étain. Je me suis occupé de ce travail par passe-temps ; quand j'avais long-temps étudié, que j'étais las, je me mettais pour me distraire à mouler une assiette.

HENRI.

C'est vrai. Je ne conseillerais non plus maintenant à personne de venir me reprocher d'avoir servi chez un potier d'étain.

BREME.

Tu n'imagines donc pas de quelle manière je pourrais arranger mon discours?

HENRI.

Patience, vous voulez tout savoir de suite. Je voulais vous dire que s'il y avait là, moi étant à votre place, quelqu'un qui se moquât de ce que j'ai été potier d'étain, il s'en trouverait mal ; et si je découvrais un sourire sarcastique, un regard de dédain, je m'écrierais : Nobles et sages seigneurs, vous vous êtes peut-être imaginé en me nommant bourgmestre que vous pourriez vous amuser de moi comme d'un fou? Et alors je frapperais sur la table de manière à leur faire sentir qu'il n'y a pas à plaisanter avec moi et qu'ils ont choisi un bourgmestre qui sait maintenir sa dignité. Car si vous vous laissez une fois dominer, vous deviendrez bientôt le jouet du conseil.

ACTE QUATRIÈME.

SCÈNE I.

HENRI, *seul.*

(Il est couvert d'une longue redingote qui lui tombe jusque sur les talons, et dont les manches sont garnies de cordons et le dessus des poches de papier blanc.)

Je ne comprends pas encore comment le conseil a eu l'idée de confier à mon maître les fonctions de bourgmestre. Je ne peux me figurer quel rapport il y a entre un potier d'étain et un bourgmestre, à moins que le bourgmestre, s'il voit une ville tomber en décadence, puisse lui donner une nouvelle forme, comme le potier d'étain qui d'une vieille assiette en fait une toute neuve. Mais les nobles seigneurs n'ont pas pensé qu'il n'y a pas dans tout Dantzig un plus mauvais potier que mon maître, et qu'il sera aussi le plus mauvais bourgmestre qui existe, s'il l'ont choisi en songeant à ce rapport entre les deux états comme je viens de l'établir. Le seul avantage réel qui résulte de ce choix, c'est que je suis serviteur de l'État. C'est là une place qui m'a toujours vivement tenté. Tout jeune encore, il n'y avait rien pour moi de si agréable que de voir conduire les gens en prison. C'est aussi une charge très avantageuse pour celui qui sait en tirer parti. Il faut seulement que je me représente comme étant très bien avec le bourgmestre, et quand on aura une fois compris ce que cela signifie, je gagnerai au moins cent ou deux cents écus. Et je ne les prendrai, certes, ni par avarice, ni par ambition, mais seulement pour faire voir que je m'entends à remplir mon emploi. Quelqu'un vient-il pour parler au bourgmestre? je lui dis qu'il n'est pas à la maison ; si l'on ajoute qu'on l'a vu à la fenêtre, je réponds : C'est possible, mais il n'est pas à la maison. Le monde devine de suite ce que cela veut dire. On me glisse un écu dans la main et à l'instant mon maître est chez lui. Est-il malade? le voilà sur-le-champ bien portant. A-t-il des étrangers auprès de lui? il se retrouve seul. Est-il au lit? le voici debout. J'ai fréquenté quelquefois les laquais des grands seigneurs, et je sais comment ils agissent. Dans le vieux temps, quand les hommes étaient encore simples comme des chevaux, on appelait l'argent ainsi gagné argent néfaste ; maintenant on l'appelle : pourboire, récompense, etc. Mais, voici notre Anna ; elle ne sait sans doute rien encore de ce changement, car elle a gardé toutes les manières et la tournure d'une servante de potier d'étain.

SCENE II.

ANNA, HENRI.

ANNA.

Ha! ha! ha! regardez donc s'il n'a pas l'air d'un revenant!

HENRI.

N'as-tu jamais vu de livrée? Les gens du commun sont comme les animaux sans raison; ils sont là à s'arrêter et à bayer comme des veaux devant une porte, s'ils aperçoivent quelqu'un de leur connaissance habillé aujourd'hui autrement qu'il ne l'était hier.

ANNA.

Non, être sérieux et plaisant ce n'est pas la même chose. Sais-tu que cette semaine j'ai appris à prophétiser? Il y avait ici dernièrement une vieille femme qui regardait dans la main. Je lui donnai une petite aumône, et elle m'apprit l'art de prévoir l'avenir en observant les veines de la main. Veux-tu que je regarde la tienne, je te dirai de suite ce qui doit t'arriver?

HENRI.

C'est bon, c'est bon, Henri n'est pas si niais que tu le penses. Je vois ce que tu veux faire; tu as déjà appris l'avancement que l'on m'a promis aujourd'hui.

ANNA.

Non, je n'en sais rien du tout.

HENRI.

Voilà comme elle sait se contrefaire! Oui, tu en as sans doute entendu parler, et après cela il est facile de prophétiser. Mais je suis trop vieux pour me laisser tromper ainsi.

ANNA.

Je puis t'affirmer par serment que je ne sais pas le moindre mot de ce dont tu me parles.

HENRI.

N'as-tu pas causé il y a quelques instants avec la femme du bourgmestre?

ANNA.

Je crois que tu rêves? Est-ce que je connais des femmes de bourgmestre?

HENRI.

C'est mademoiselle qui te l'a raconté.

ANNA.

Écoute, Henri, cesse de parler si follement.

HENRI.

Eh bien! voilà ma main; devine ce que tu voudras. Je suis sûr que tu sais déjà les nouvelles de la maison, quoique tu sembles les ignorer. Mais c'est bien d'être aussi politique, il faudra que nous en venions tous là. Allons, que vois-tu dans ma main?

ANNA.

Je vois que M. Breme, qui est maintenant derrière le poêle, fera passer aujourd'hui sur ton dos une jolie danse. N'est-ce pas une honte de se mettre ainsi des idées folles en tête et de revêtir les habits de ton maître, tandis que tu as tant de choses à faire dans la maison?

HENRI.

Et moi je puis prophétiser sans regarder ta main. Je déclare qu'à cause de ta liberté de parole tu recevras une paire ou deux de soufflets; tiens, la réalisation de ma prophétie ne se fait pas attendre long-temps.

(*Il la soufflette.*)

ANNA.

Ah! tu paieras cher cette offense.

HENRI.

Que cela t'apprenne à traiter une autre fois avec plus de respect le laquais d'un homme distingué!

ANNA.

Attends. Notre maîtresse va venir; c'est à elle que je me plaindrai.

HENRI.

Tu te plaindras de moi, le premier valet du bourgmestre!

ANNA.

Ton dos s'en ressentira.

HENRI.

Un futur serviteur de l'État!

ANNA.

Oui, je te le répète; tes soufflets te coûteront cher.

HENRI.

Un homme qui peut beaucoup auprès du bourgmestre!

ANNA.

Je n'ai jamais été battue dans la maison, pas même par madame.

HENRI.

Moi, à qui toute la bourgeoisie viendra faire les plus grandes caresses et les plus belles révérences!

ANNA.

Je crois que ce garçon est complètement fou. Eh! maître, maître!

HENRI.

St, st, st. Tu vas t'attirer de graves reproches si tu prononces ce nom. Je remarque que tu ne sais vraiment rien de tout ce qui s'est passé ici; ainsi je veux te pardonner en bon chrétien ta sotte conduite. Le conseil a nommé à la pluralité des voix notre maître bourgmestre. Maintenant tu comprends qu'il serait inconvenant à moi de vouloir travailler. Et voilà pourquoi j'ai pris cette livrée.

ANNA.

Allons, fou, veux-tu encore me tourmenter?

HENRI.

Tout ce que je te dis est vrai. Mais voici mademoiselle, qui le confirmera.

SCÈNE III.

LOUISE, LES PRÉCÉDENTS.

LOUISE.

Ah! que je suis malheureuse! Maintenant je n'ai plus rien à espérer.

HENRI.

Comment, mademoiselle, est-ce le moment de pleurer, quand vos parents viennent d'être élevés à un rang si haut?

LOUISE.

Tais-toi, Henri, tais-toi, je ne veux point de toutes ces distinctions.

HENRI.

Que voulez-vous donc être?

LOUISE.

Je voudrais être la fille d'un paysan; alors je pourrais conserver l'espoir d'épouser celui auquel je me suis unie de cœur.

HENRI.

Si vous n'avez pas d'autre motif de pleurer que le désir de vous marier bientôt, le conseil peut y pourvoir et vous n'avez qu'à choisir qui vous voudrez; car toute la ville va tomber dans cette maison, et il n'y a pas un jeune homme qui n'ambitionne l'honneur d'être gendre du bourgmestre.

LOUISE.

Mais moi je n'en veux pas d'autre que celui envers lequel je me suis déjà engagée.

HENRI.

Ah! que feriez-vous d'un homme à qui je ne voudrais pas obéir, tout mauvais serviteur que je sois. Non, vous devez désormais porter vos prétentions plus haut.

LOUISE.

Tais-toi, grossier; je mourrai plutôt que de donner ma parole à un autre.

HENRI.

Ne vous inquiétez pas, mademoiselle; moi et monsieur le bourgmestre, nous tâcherons de procurer un bon emploi à M. Ehrlich et alors vous pourrez l'épouser. — Pourquoi pleures-tu, Anna?

ANNA.

Je pleure de joie, en songeant au grand bonheur qui vient d'arriver à notre maison.

HENRI.

C'est vrai, tu as raison de te réjouir; car qui aurait jamais pensé qu'un être de ton espèce deviendrait une *mamzelle*?

ANNA.

Et qui aurait dit qu'un inutile lourdaud comme *toi* pourrait être serviteur de l'État?

HENRI.

Je n'ai pas de temps à perdre. Madame Breme attend du monde; il faut que je prépare le café. La voici, je cours chercher la table.

SCÈNE IV.

HENRI, MADAME BREME, UNE SERVANTE, DEUX LAQUAIS.

MADAME BREME, *avec un gros chien sous le bras.*

Dis-moi, Henri, la mélasse est-elle déjà dans le café?

HENRI.

Non, madame.

MADAME BREME.

Va la chercher, et verse-la dans la cafetière. (*Henri sort.*) Autrefois je ne connaissais rien de toutes ces inquiétudes, mais je pense qu'elles diminueront quand je serai bien habituée à mon nouvel état.

HENRI.

Voici la mélasse.

MADAME BREME.

Verse-la. Au diable!... on frappe. Je vais voir arriver les femmes de conseillers!

HENRI, *à la porte.*

A qui voulez-vous parler?

UNE SERVANTE.

Dis à ton maître qu'il est plus menteur que dix potiers d'étain à la fois. J'ai déjà usé plus d'une paire de souliers à venir ici réclamer ce que j'avais commandé.

HENRI.

Je demande à qui vous voulez parler.

LA SERVANTE.

A maître Hermann Breme.

HENRI.

Vous vous trompez. Ici demeure le bourgmestre de Bremenfeld.

LA SERVANTE.

C'est inouï; vous ne pouvez pas obtenir ce qui vous appartient, et il faut encore se laisser berner par un vaurien de potier.

HENRI.

Si vous avez une plainte à porter contre le potier, allez au conseil; là on vous rendra raison, si je connais bien le bourgmestre de Bremenfeld.

DEUX LAQUAIS.

Nos maîtresses font demander si madame Breme serait assez bonne pour leur accorder l'honneur de les recevoir.

HENRI, *à la servante.*

Voyez-vous maintenant qu'il n'y a point ici de potier d'étain? (*aux laquais.*) Je vais m'informer si madame est à la maison? (*à madame Breme.*) Il y a là des femmes de conseillers qui désirent vous voir.

MADAME BREME.

Fais-les entrer.

SCÈNE V.

MADAME REHFUSS, MADAME SAND, MADAME BREME, HENRI. *Les dames entrent et baisent la robe de madame Breme.*

MADAME REHFUSS.

Nous venons vous présenter nos très humbles vœux de bonheur, et vous témoigner la grande joie que nous cause le choix que l'on a fait de M. Breme. Nous voulions aussi nous recommander à votre bienveillance.

MADAME BREME.

Très humble serviteur. Je désire beaucoup... — Voudriez-vous prendre une tasse de café?

MADAME REHFUSS.

Nous vous remercions. Notre but aujourd'hui était seulement de vous adresser nos félicitations.

MADAME BREME.

Très humble serviteur. Mais je suis sûre que vous prendrez bien une tasse de café. Vous voulez vous faire prier. Asseyez-vous; il est tout prêt. Henri!

HENRI.

Madame?

MADAME BREME.

As-tu versé la mélasse dans la cafetière?

HENRI.

Oui, madame.

MADAME BREME.

Ayez donc la bonté, mesdames...

MADAME SAND.

Excusez-nous, je vous en prie, nous ne prenons jamais de café.

MADAME BREME.

Qu'est-ce que cela signifie? Je le sais, vous en prenez. Asseyez-vous donc.

MADAME REHFUSS, *à madame Sand.*

Ah! mon Dieu! j'en deviendrai malade, rien que de songer à cette mélasse.

MADAME BREME.

Approche, Henri, et verse le café dans les tasses.

MADAME SAND.

C'est assez, mon ami. Je puis à peine en prendre une demie.

HENRI.

Monsieur le bourgmestre fait prier madame de passer un instant chez lui.

MADAME BREME.

Veuillez m'excuser. Je ne sors qu'une minute. Vous aurez tout de suite l'honneur de me revoir.

SCÈNE VI.

LES FEMMES DE CONSEILLERS.

MADAME SAND.

Ha! ha! qui de nous est le mieux joué, de cette femme dont nous rions en secret, ou de nous qui sommes forcées de prendre du café à la mélasse?

MADAME REHFUSS.

Je vous en prie, ne m'en parlez pas; j'en deviendrai malade.

MADAME SAND.

Avez-vous vu quelle mine elle faisait quand nous avons baisé sa robe? Ha! ha! ha! Et le très humble serviteur, je ne l'oublierai de ma vie.

MADAME REHFUSS.

Ne riez pas si haut, elle pourrait entendre.

MADAME SAND.

Ah! mon Dieu! voilà précisément le difficile, c'est de cacher l'envie qu'on a de rire. N'avait-elle pas sous le bras le plus charmant petit chien du monde? Je pense qu'il doit s'appeler *Joli*. Il est donc vrai cependant que personne n'est plus orgueilleux que celui qui sort de la poussière pour atteindre quelque haute dignité; aussi rien n'est-il plus dangereux que ces rapides changements de fortune! Celui qui appartient par sa naissance à une maison distinguée et qui a reçu une noble éducation, celui-là ne changera pas et peut-être même le verra-t-on devenir plus humble à mesure qu'il montera plus haut; mais pour des gens qui éclosent ainsi tout d'un coup comme des champignons, ils n'auront jamais la vraie politesse.

MADAME REHFUSS.

C'est une chose dont je ne comprends pas le motif. Ils devraient plutôt être humbles et bienveillants, s'ils songeaient à leur fortune passée.

MADAME SAND.

Je crois que le motif, le voici. Les gens distingués ne craignent jamais de se voir dédaignés, ainsi ils n'ont pas besoin de se mettre sur leurs gardes quand on va au-devant d'eux. Les gens du commun, au contraire, se défient de tout le monde; un mot, un geste leur semble toujours une allusion à leur ancien état. Voilà pourquoi ils cherchent à appuyer leur force par la cruauté. Croyez-moi, ce n'est pas un petit avantage que d'être issu d'une maison distinguée. Mais voici le domestique; il vaut mieux interrompre nos réflexions.

SCÈNE VII.

LES PRÉCÉDENTES, HENRI.

HENRI.

Tâchez de ne pas trouver le temps long; Sa Seigneurie va revenir à l'instant. Monsieur le bourgmestre lui a donné un nouveau ruban pour mettre au cou de son chien; mais comme il était trop long il a fallu appeler le tailleur pour prendre la mesure du cou du chien et faire un collier comme il faut; sitôt que cela sera prêt elle viendra. Si vous voulez bien ne pas le trouver mauvais, j'aurais une prière à vous faire; ce serait de me donner un petit pour-boire; j'ai beaucoup d'ouvrage dans cette maison, et je travaille comme un cheval.

MADAME SAND.

Ah! très volontiers, mon ami. Tiens, voilà un florin.

HENRI.

Je vous remercie. Je désirerais pouvoir vous rendre quelque service. Buvez donc du café; quoique ma maîtresse ne soit pas ici, elle ne s'en fâchera sans doute pas, et si elle s'en fâchait je me chargerais de l'apaiser.

MADAME SAND.

Mon ami, vous ne pouvez pas nous rendre de plus grand service que de ne pas nous forcer à boire.

HENRI.

Mais je vous assure que madame Breme ne s'en formalisera pas du tout. Buvez donc. Peut-être n'est-il pas assez doux? Nous aurons bientôt plus de mélasse. Voici ma maîtresse qui vient.

SCÈNE VIII.

LES PRÉCÉDENTS, MADAME BREME.

MADAME BREME.

Je vous demande pardon d'être restée si long-temps dehors. Mais vous n'avez pas bu; il faut pourtant que nous vidions cette cafetière, et ensuite vous boirez bien un petit verre de bière. Elle est, sans vouloir trop la vanter, de la meilleure espèce que l'on trouve dans la ville.

MADAME SAND.

Ah! mon Dieu, je me trouve mal. Ne m'en veuillez pas si je ne puis rester plus long-temps; ma sœur restera ici et acceptera votre offre avec reconnaissance.

MADAME BEHFUSS.

Je serais impardonnable si j'abandonnais ma sœur. Nous nous recommandons à votre bienveillance.

MADAME BREME.

Buvez avant de partir un petit verre d'eau-de-vie, vous vous trouverez mieux; l'eau-de-vie est bonne pour plusieurs maladies. Henri, cours en chercher un verre, madame n'est pas bien.

MADAME SAND.

Non, non, il faut que je m'en aille. Ne nous retirez pas pour cela vos bonnes grâces.

SCÈNE IX.

UNE AUTRE FEMME DE CONSEILLER, MADAME BREME, HENRI.

LA FEMME DE CONSEILLER.

Votre très humble servante, madame; je viens vous offrir mes félicitations.

MADAME BREME, *lui donnant sa main à baiser.*

Ce sera un grand plaisir pour moi, si nous pouvons, moi ou monsieur le bourgmestre, vous rendre service. Ne voulez-vous pas vous asseoir? Je vous en prie, ne faites point de façons; agissez seulement comme si vous étiez chez vos égaux.

LA FEMME DE CONSEILLER.

Je vous remercie très humblement, madame.

(Elle s'assoit.)

MADAME BREME.

Il y avait ici tout à l'heure deux dames qui ont pris du café avec moi. Je crois qu'il doit en rester encore quelques tasses. Le meilleur est au fond. Pour moi je ne peux plus boire; j'ai déjà tant bu que mon estomac est raide comme un tambour.

LA FEMME DE CONSEILLER.

Je vous remercie; je viens de prendre mon café.

MADAME BREME.

Comme vous voudrez. Nous autres gens distingués, nous ne forçons personne. Mais dites-moi, madame, ne connaîtriez-vous point de Française que je puisse donner pour maîtresse à ma fille? car je veux qu'elle apprenne le français.

LA FEMME DE CONSEILLER.

Oui, madame, j'en connais une qui est très bien. Mais ne pourrais-je pas avoir l'honneur de baiser les mains de mademoiselle votre fille?

MADAME BREME.

Bien volontiers. Henri, appelle mademoiselle, et dis-lui qu'une dame de conseiller est ici et voudrait lui baiser les mains.

HENRI.

Je ne crois pas qu'elle puisse venir, car

elle est très occupée, elle raccommode ses bas.

MADAME BREME.

Seigneur Dieu! comme ce garçon-là est mal élevé! Il veut dire qu'elle brode.

SCÈNE X.

LES PRÉCÉDENTS, MADAME HUFEIS, *femme d'un maréchal ferrant.*

MADAME HUFEIS.

Ah! ma chère voisine, est-il bien vrai que ton mari est devenu bourgmestre? C'est pour moi un plaisir comme si on me faisait cadeau d'un écu. Montre-moi donc que tu n'es pas devenue fière et que tu reconnais encore ton ancienne sœur. (*Madame Breme ne répond rien.*) Quand ton mari a-t-il été nommé bourgmestre? (*Madame Breme ne répond rien.*) Tu demeures plongée dans tes pensées, sœur; je te demande quand ton mari a été nommé bourgmestre?

LA FEMME DE CONSEILLER.

Vous devriez vous montrer plus polie envers madame Breme.

MADAME HUFEIS.

Moi, pas du tout. Je ne fais avec ma voisine aucun compliment; nous n'avons formé ensemble qu'un cœur et qu'une ame. Mais que dois-je penser, sœur? Il me semble que tu es devenue dédaigneuse.

MADAME BREME.

Ma chère femme, je ne vous connais pas.

MADAME HUFEIS.

Non! et quand tu as eu besoin d'argent tu m'as pourtant bien connue. Si mon mari n'était pas mort, peut-être serait-il devenu un homme aussi distingué que le tien.

(*Madame Breme se trouve mal, prend sa tabatière et en respire l'odeur.*)

HENRI.

Hors d'ici, femme grossière! Te crois-tu encore dans ta forge et penses-tu que l'on puisse causer ici avec autant de liberté?

(*Il la prend par le bras et l'emmène.*)

MADAME BREME.

Ah! quel tourment, quel tourment de fréquenter des gens de cette espèce! Henri, tu t'en trouveras mal, si tu laisses jamais entrer chez moi une femme du peuple.

HENRI.

Celle-ci était ivre, et on pouvait s'en apercevoir facilement.

LA FEMME DE CONSEILLER.

Cet incident m'intéresse; je crains que vous ne vous soyez tourmentée. Il y a beaucoup de choses que les gens comme il faut ne peuvent pas supporter. Plus notre fortune s'accroît, plus le corps devient impressionnable et délicat.

MADAME BREME.

C'est vrai. Je puis vous assurer que je ne me sens plus ni aussi fraîche, ni aussi bien portante que je l'étais autrefois.

LA FEMME DE CONSEILLER.

Je le crois. Vous serez à l'avenir obligée de prendre médecine chaque jour, comme toutes les femmes de bourgmestre l'ont fait avant vous.

HENRI, *à part.*

Il me semble aussi que je ne suis plus si robuste depuis que je suis devenu serviteur de l'État. J'ai reçu des coups au côté gauche, ici juste. Il n'y a pas là de quoi rire et je ne plaisante pas. J'ai vraiment peur de devenir podagre, sans m'en douter.

LA FEMME DE CONSEILLER.

Il vous faudra attacher un médecin au service de votre maison. Dites-lui de vous donner quelques gouttes, et mettez-en toujours dans un verre, que vous en ayez besoin ou non.

MADAME BREME.

Je veux suivre votre conseil. Henri, va trouver le docteur Hermelin, et demande-lui quand il aura le temps de venir me voir.

LA FEMME DE CONSEILLER.

Il faut que je vous quitte, madame. Je vous salue très humblement et je me recommande à vous.

MADAME BREME.

Vous êtes déjà recommandée, madame; vous pouvez vous adresser à moi ou à maître Bre..., je voulais dire à monsieur le bourgmestre de Bremenfeld, nous serons toujours à votre service.

LA FEMME DE CONSEILLER, *lui baisant la main.*

Votre très humble servante.

MADAME BREME.

Henri, viens; mon mari veut donner audience ici.

ACTE CINQUIÈME.

SCÈNE I.

HENRI, DEUX AVOCATS.

HENRI.

Eh bien! maintenant il va y avoir quelque chose à gagner; voici le temps de l'audience. On verra si un homme qui a été vingt ans au service sait mieux se conduire que moi. On frappe. A qui voulez-vous parler, messieurs?

UN AVOCAT.

Nous voudrions avoir l'honneur de parler à M. le bourgmestre.

HENRI.

Il n'est pas encore levé.

L'AVOCAT.

Pas encore levé? il est quatre heures après midi.

HENRI.

Oui, il est bien levé; mais il est sorti.

L'AVOCAT.

Nous avons rencontré à la porte quelqu'un qui venait précisément de lui parler.

HENRI.

C'est vrai. Il est à la maison, mais il est malade. *(à part.)* Ces gens-là sont si bornés qu'ils ne peuvent pas me comprendre.

L'AVOCAT, *se tournant vers son Compagnon.*

Je vois bien que ce garçon veut avoir de l'argent. Nous n'avons qu'à lui mettre un florin dans la main, son maître viendra tout de suite. Écoutez, mon ami, voici une couple de florins pour boire à notre santé.

HENRI.

Non, messieurs, je n'accepte jamais aucun présent.

L'AVOCAT.

Que devons-nous donc faire? Nous reviendrons une autre fois.

HENRI, *leur faisant signe.*

Vous vous en allez trop vite. Puisque c'est vous, je veux bien prendre l'argent, afin de ne pas vous faire croire que je suis fier, et pour pouvoir soutenir l'honneur de notre maison.

L'AVOCAT.

Tenez, voilà deux florins; ne les dédaignez pas et soyez assez bon pour nous procurer une audience.

HENRI.

Votre très humble serviteur. Par considération pour vous, je ferai tout ce qui me sera possible. M. le bourgmestre est, à la vérité, bien portant... pas assez cependant pour causer avec tout le monde. Mais puisque c'est vous, c'est une autre affaire. Voulez-vous attendre un moment? je vais vous annoncer. Mais quelqu'un frappe. — A qui voulez-vous parler, monsieur?

SCÈNE II.

LES PRÉCÉDENTS, UN ÉTRANGER.

L'ÉTRANGER, *cherchant dans sa poche.*

Je voudrais avoir l'honneur de parler à M. le bourgmestre.

HENRI, *à part.*

Au moins celui-ci sait vivre; il met tout de suite la main à la poche. *(haut.)* Monsieur est à la maison; vous allez le voir.

(Henri tend la main; mais l'étranger, au lieu de tirer de l'argent, tire sa montre.)

L'ÉTRANGER.

Je vois qu'il est déjà quatre heures.

HENRI.

A qui voulez-vous parler, Monsieur?

L'ÉTRANGER.

A M. le bourgmestre.

HENRI.

Il n'y est pas.

L'ÉTRANGER.

Vous venez de dire qu'il y était.

HENRI.

C'est possible; mais je me suis trompé.

(L'étranger sort.)

HENRI.

Voyez donc cette figure d'avare. Oui, mon maître va se hâter de venir, sois-en sûr... *(aux avocats.)* Maintenant je vais vous annoncer.

L'AVOCAT.

Regarde comme ce garçon s'est déjà fait à son nouveau service. Tiens-toi bien; nous voulons nous arranger de manière à tourmenter ce brave potier; nos amis viendront l'achever. Mais le voici.

SCÈNE III.

BREME, LES DEUX AVOCATS, HENRI.

UN AVOCAT.

Nous vous souhaitons du fond du cœur, monsieur le bourgmestre, tout le bonheur imaginable, et nous avons l'espérance de vous voir surpasser tous vos prédécesseurs en affabilité, en sagesse, en vigilance, puisque ce n'est ni la fortune, ni la naissance, ni les protections qui vous ont conduit aux fonctions que vous occupez, mais votre habileté et votre expérience dans les affaires de l'État.

BREME.

Très humble serviteur.

L'AUTRE AVOCAT.

Nous nous réjouissons d'avoir pour chef un homme qui est non-seulement doué d'une intelligence divine...

BREME.

Je la dois à Dieu.

L'AVOCAT.

Mais qui s'est acquis un grand renom par la bienveillance avec laquelle il allait au-devant de chacun, prenant plaisir à entendre les plaintes des opprimés et à leur faire rendre justice. Certainement je puis dire que la joie m'a mis comme hors de moi quand j'ai appris par les journaux le choix que l'on venait de faire de M. Breme pour bourgmestre.

HENRI.

M. Breme de Bremenfeld, messieurs.

L'AUTRE AVOCAT.

Je vous demande très humblement pardon; je voulais dire de Bremenfeld Nous sommes venus ici pour vous exprimer nos vœux de bonheur, et ensuite pour soumettre à Votre Seigneurie un débat qui s'est élevé entre nos propriétaires. Les deux parties voulaient d'abord faire juger le procès d'après les lois du pays; mais après y avoir réfléchi davantage, pour éviter la perte de temps et les frais, nous avons préféré nous en rapporter à votre jugement, qui aura sa pleine et entière exécution.

(*M. Breme s'asseoit et laisse les autres debout.*)

PREMIER AVOCAT.

Nos deux propriétaires sont voisins, mais une petite rivière les sépare l'un de l'autre. Il y a trois ans que la rivière a enlevé une grande partie du sol de mon client et l'a transportée sur celui de mon adversaire. Un tel abus peut-il être permis? N'est-il pas dit: *Nemo alterius damno debet locupletari?* Le client de mon adversaire s'enrichira aux dépens du mien. N'est-ce pas là une attaque *contra æquitatem naturalem?* Il n'est pas possible de voir la chose autrement, monsieur le bourgmestre.

BREME.

Sans doute; c'est très injuste. Vous avez raison, monsieur.

DEUXIÈME AVOCAT.

Mais Justinien dit formellement: *Libro secundo institutionum, titulo primo de alluvione...*

BREME.

Au diable la citation! Que m'importe ce que dit Justinien ou Alexandre-le-Grand, qui vivaient peut-être quelques milliers d'années avant que Dantzig fût bâti? Comment pourraient-ils avoir porté un jugement sur des choses qui ne se sont pas passées de leur temps?

DEUXIÈME AVOCAT.

Je ne veux pas croire que Votre Seigneurie repousse des lois auxquelles l'Allemagne, la France et l'Italie se sont soumises.

BREME.

Non, ce n'était pas là ce que je pensais. Vous ne m'avez pas bien compris. Je voulais seulement dire que dans le droit de Culm il y avait autre chose... Cependant, ceci... (*Il tousse.*) Ayez la bonté de continuer.

DEUXIÈME AVOCAT.

Justinien s'exprime ainsi: *Quod per alluvionem agio tuo flumen adjecit jure gentium tibi adquiritur.*

BREME.

Monsieur l'avocat, vous parlez extraordinairement vite; ayez la bonté de me répéter ces paroles d'une manière plus claire. (*L'avocat les répète très lentement.*) Oh! vous prononcez horriblement mal le latin. Parlez plutôt votre langue maternelle, cela me convient mieux. Si je vous dis cela, il ne faudrait pas croire que je n'aime pas le latin. Je l'aime beaucoup, au contraire, et je passe quelquefois des heures entières à causer latin avec mon domestique. N'est-ce pas vrai, Henri?

HENRI.

C'est réellement quelque chose d'extraordinaire que d'entendre mon maître parler latin. Je puis vous jurer que les larmes m'en viennent aux yeux rien que d'y penser. C'est absolument comme lorsque l'on entend des pois cuire dans un pot, tant les mots tombent rapidement de sa bouche. Je ne comprends pas qu'un homme puisse parler si vite. Mais à quoi n'arrive-t-on pas avec un long et patient exercice?

DEUXIÈME AVOCAT.

Voici donc les paroles de Justinien: Ce qu'un fleuve enlève à un champ pour le porter sur le tien est à toi légitimement d'après le droit des nations.

BREME.

Oui, Justinien a parfaitement raison, car c'était un grand homme. Je le vénère trop pour oser attaquer son jugement.

PREMIER AVOCAT.

Mais, monsieur le bourgmestre, mon adversaire lit et interprète la loi comme le diable la Bible. Il a grand soin de mettre de côté ce qui suit: *Per alluvionem autem videtur id adjici quod ita paulatim adjicitur est intelligi non possit, quantum quoque temporis momento adjiciatur.*

BREME.

Messieurs, je vous demande pardon. Deux envoyés étrangers se sont fait annoncer chez moi. Henri, regarde, en ta qualité de serviteur de l'État, si tout est bien en ordre dans l'antichambre.

PREMIER AVOCAT.

Ah ! monsieur le bourgmestre, dites-nous au moins en quelques mots quelle est votre opinion.

BREME.

Vous avez raison tous deux, messieurs, chacun à sa manière.

DEUXIÈME AVOCAT.

Comment pouvons-nous avoir tous deux raison? Si le bon droit est de mon côté, mon adversaire doit nécessairement avoir tort. La loi de Justinien s'exprime formellement en ma faveur.

BREME.

Veuillez m'excuser; j'entends les voitures venir, je dois aller au-devant de ces étrangers.

PREMIER AVOCAT, *le retenant.*

J'ai clairement démontré que les paroles de Justinien plaident pour moi.

BREME.

Oui, c'est vrai; vous pouvez vous partager Justinien; vous le connaissez aussi peu que moi, et s'il porte le manteau sur les deux épaules, c'est comme s'il voulait dire : Allez-vous-en, fous, et tâchez de vous accorder.

DEUXIÈME AVOCAT.

Monsieur le bourgmestre, pour connaître parfaitement la pensée du législateur, il faut comparer un article avec un autre, et le paragraphe suivant ne dit-il pas : *Quod si vis fluminis de tuo prædio.*

BREME.

Mais laissez-moi donc aller; vous entendez bien que les voitures arrivent.

PREMIER AVOCAT.

Monsieur le bourgmestre, encore un moment. Écoutez ce que dit Hugo Grotius, *Libro de jure belli et pacis.*

BREME.

Eh ! que m'importe votre Hugo Grotius? C'était un Arménien. Que nous font les lois des gens qui sont en Arménie ! Henri chasse-les dehors.

(*Ils s'en vont. — Henri lutte avec quelques personnes dans l'antichambre. Quand il revient, une femme le suit qui prend Breme à la gorge.*)

LA FEMME, *en criant.*

Ah! voilà un sage magistrat qui donne des lois maudites pour permettre à un homme d'avoir deux femmes à la fois ! Croyez-vous donc ne pas attirer par-là la vengeance du ciel sur vous?

BREME.

Êtes-vous folle? Qui a jamais pensé à cela?

LA FEMME.

Eh ! eh ! tu es un brave bourgmestre, je ne veux pas sortir avant de m'être rassasiée de ton sang.

BREME.

Au secours ! au secours ! Henri ! Pierre !

(*Pierre entre et chasse la femme. Henri, qui s'était caché dans un coin, vient aussi et lui aide.*)

SCÈNE IV.

BREME, HENRI.

BREME.

Henri, il t'arrivera malheur si à l'avenir tu laisses encore entrer chez moi des avocats ou des femmes. Peu s'en est fallu aujourd'hui que je ne fusse égorgé. Une autre fois, quand de pareilles gens viendront pour me parler, tu leur diras de ne pas parler latin, parce que je me suis promis pour certains motifs particuliers de ne plus faire usage de cette langue.

HENRI.

Moi je me le suis promis aussi, sans doute par la même raison.

BREME.

Tu peux dire que je parle seulement grec.

(*On frappe. Henri va à la porte et revient avec une énorme liasse de papiers.*)

HENRI.

Voici des actes que le syndic envoie à monsieur le bourgmestre, en le priant de les voir et d'en donner son avis.

BREME *s'asseoit près d'une table, parcourt ces papiers et dit.*

Il n'est cependant pas si facile que je croyais d'être bourgmestre. Voici des affaires auxquelles le diable lui-même ne comprendrait rien. (*Il commence à écrire, se lève, essuie la sueur de son front, puis vient se rasseoir et efface ce qu'il avait écrit.*) Henri !

HENRI.

Monsieur le bourgmestre?

BREME.

Quel bruit fais-tu là? Ne peux-tu rester tranquille?

HENRI.

Je ne bouge pas, monsieur le bourgmestre.

BREME *se lève de nouveau, ôte sa perruque, la jette par terre comme s'il devait mieux méditer tête nue. Il marche sur la perruque et la jette avec le pied de côté. Il revient s'asseoir et se met à écrire.*

Henri!

HENRI.

Monsieur le bourgmestre?

BREME.

Je te ferai pendre si tu ne restes pas tranquille. Voilà déjà la seconde fois que tu me troubles dans mes inspirations.

HENRI.

Je n'ai pourtant rien fait que de mesurer sur mes jambes de combien ma redingote est trop longue.

BREME *se lève encore et se frappe le front comme pour en faire jaillir une idée.*

Henri!

HENRI.

Monsieur le bourgmestre?

BREME.

Va dire aux femmes qui vendent du poisson dans la rue qu'elles ne doivent pas crier en passant devant la maison que j'habite, car elles me dérangent dans mes combinaisons politiques.

HENRI *crie trois fois ces mots à la porte.*

Écoutez, marchandes de poissons, populace, femmes mal apprises, n'avez-vous pas honte de crier d'une manière si effroyable dans la rue où demeure le bourgmestre et de le troubler dans ses méditations?

BREME.

Henri!

HENRI.

Monsieur le bourgmestre?

BREME.

Cesse, c'est assez.

HENRI.

Cela ne sert d'ailleurs à rien. La ville est pleine de gens de cette espèce; aussitôt que l'une est passée, une autre revient. Elles ressemblent...

BREME.

C'est bon. Tais-toi. (*Il s'assoit et efface encore ce qu'il avait écrit, puis recommence à écrire, se lève, frappe avec le pied de colère, et appelle.*) Henri!

HENRI.

Monsieur le bourgmestre?

BREME.

Je voudrais qu'un autre que moi fût bourgmestre. Veux-tu être bourgmestre à ma place, et moi je prendrai ton poste?

HENRI.

Je serais un fou d'accepter, et celui qui me le propose n'est pas plus sage.

BREME *veut s'asseoir pour écrire, mais il manque la chaise et tombe à la renverse.*

Henri!

HENRI.

Monsieur le bourgmestre?

BREME.

Je suis par terre.

HENRI.

Je le vois bien.

BREME.

Viens m'aider à me relever.

HENRI.

Ne m'avez-vous pas dit que je ne dois pas bouger de place?

BREME.

Maudit garçon! (*Il se relève.*) On frappe.

HENRI.

Oui. (*à la porte*). A qui voulez-vous parler?

UN BOURGEOIS.

Je suis le chapelier Acttermann; j'ai une plainte à faire au bourgmestre.

HENRI.

C'est le chapelier Acttermann qui désire se plaindre à monsieur le bourgmestre de plusieurs choses.

BREME.

Mais je ne puis pas m'occuper de plus d'une affaire à la fois. Demande-lui sur quoi repose sa plainte.

LE BOURGEOIS.

C'est trop long à raconter; il faut que je parle au bourgmestre lui-même. Je ne demande qu'une heure, et mes griefs se divisent en vingt-quatre points.

BREME.

Ah! que le ciel vienne à mon secours! J'ai déjà la tête tout en désordre. Fais-le entrer.

SCENE V.

LE CHAPELIER, LES PRÉCÉDENTS.

LE CHAPELIER.

Hélas! monsieur le bourgmestre, je suis un pauvre homme qui ai souffert beaucoup d'injustices, comme vous pourrez vous en convaincre, si vous me permettez de vous les raconter.

BREME.

Il faut porter vos plaintes par écrit.

LE CHAPELIER.

C'est ce que j'ai fait. Les voilà dans ce cahier.

BREME.

Henri! on frappe encore.

HENRI, *à la porte.*

A qui voulez-vous parler?

UN AUTRE BOURGEOIS.

Je désirerais remettre à monsieur le bourgmestre une plainte contre le chapelier.

BREME.

Qui est-ce?

HENRI.

C'est l'adversaire de cet homme.

BREME.

Demande-lui sa réclamation écrite, et qu'ils attendent tous deux dehors la décision... Henri !

(Le chapelier sort.)

HENRI.

Oui, monsieur.

BREME.

Ne pourrais-tu m'aider un peu? Je ne sais en vérité par où commencer. Lis-moi ce que le chapelier a écrit.

HENRI, *lisant.*

« Noble, puissant, ferme et sage seigneur bourgmestre, en tête de tous les métiers qui fleurissent dans cette ville parmi la bourgeoisie, je m'avance comme l'ouvrier le plus distingué pour vous exprimer la joie respectueuse et sincère que j'ai éprouvée à voir choisir pour les hautes fonctions de la magistrature un homme aussi estimé, aussi éclairé que vous, et pour vous représenter un des abus les plus dangereux, les plus graves, les plus horribles que la méchanceté du temps et des hommes ait pu introduire dans notre ville. Dans l'espérance que vous saurez bien arrêter le mal à sa source, je m'adresse à Votre Seigneurie. Voici le fait. Les marchands de Dantzig n'ont pas honte de faire fabriquer et de vendre publiquement certains vêtements en castor: ils se sont même entendus pour tisser ainsi des bas, ce qui est inouï, car le commerce du poil de castor nous appartient exclusivement[1]. De là il résulte que nous autres pauvres chapeliers ne pouvons plus trouver de castor qu'à des prix exorbitants, et comme on ne se soucie pas de donner dix ou vingt florins pour un chapeau, notre corporation est dans un état de souffrance déplorable et tout son avenir peut être compromis. Que Votre Seigneurie veuille donc bien réfléchir aux vingt-quatre motifs que nous avons de réclamer le commerce exclusif du poil de castor. 1° Depuis les temps les plus anciens, l'usage général, non-seulement dans ce pays, mais dans le monde entier, a été de porter des chapeaux de castor; c'est ce qu'il serait facile de prouver par diverses citations, aussi bien que par des témoins. D'après l'histoire... »

BREME.

Laisse l'histoire de côté.

HENRI.

« 2° Par des témoins. Adrien Nuler, qui a maintenant soixante-dix ans, se souvient très bien que mon aïeul disait... »

BREME.

Laisse là encore ce qu'il disait.

HENRI.

« 3° Il y a une prodigalité excessive à employer une matière aussi précieuse que le poil de castor à faire des bas et des vêtements, et c'est manquer au bon ordre et aux mœurs, d'autant plus qu'il nous arrive sans cesse de France, d'Angleterre et de Hollande des vêtements assez élégants pour que l'on puisse s'en contenter, sans qu'il soit besoin de ruiner quelques braves gens. »

BREME.

Assez, assez, Henri, je vois déjà que cet homme a raison.

HENRI.

Mais j'ai toujours entendu dire qu'un magistrat devait entendre les deux parties avant de prononcer un jugement. Faut-il lire aussi la réclamation de l'adversaire?

BREME.

Oui, vraiment.

HENRI, *lisant.*

« Noble Excellence, savant et sage politique seigneur bourgmestre, de même que votre intelligence surpasse toutes les autres, de même la joie que j'ai ressentie en apprenant que vous étiez nommé bourgmestre surpasse celle de tous mes concitoyens. Si j'ai l'honneur aujourd'hui de me présenter devant vous, c'est pour me plaindre des chapeliers qui ne veulent pas me permettre de vendre des étoffes et des bas de castor. Je vois bien que ces gens-là voudraient se réserver la fabrication du castor; mais ils n'entendent rien à cette affaire. C'est une folie de porter un chapeau de castor; on le met sous son bras, il ne donne point de chaleur et ne sert à rien d'autre. Un chapeau de paille serait tout aussi bon. Mais les vêtements et les bas de castor sont souples et chauds, et si monsieur le bourgmestre l'avait éprouvé, il l'avouerait lui-même. »

BREME.

C'est assez. Cet homme-là a aussi raison.

HENRI.

Ils ne peuvent cependant pas avoir tous les deux raison.

(1) On sait qu'en France, avant la révolution de 1789, toutes les corporations d'ouvriers et de marchands étaient très distinctes l'une de l'autre, et que chacune d'elles avait son genre de travail ou de commerce dont elle jouissait exclusivement. La même organisation existe encore dans le Nord et notamment en Allemagne. *N. du trad.*

BREME.

Et de quel côté est donc le bon droit?

HENRI.

C'est ce que Dieu sait et monsieur le bourgmestre.

BREME, *se levant, marchant en long et en large.*

C'est une question bien épineuse. Henri, ne peux-tu pas me dire qui a raison? Pourquoi donc, imbécile que tu es, faut-il que je te nourrisse et que je te paie? (*On entend du bruit dehors.*) Qu'est-ce donc que ce tumulte?

HENRI.

Ce sont les deux bourgeois qui se battent.

BREME.

Va les trouver et dis-leur qu'ils devraient se conduire avec plus de réserve devant la maison du bourgmestre.

HENRI.

Il vaut mieux que nous les laissions suivre leur caprice; ils en deviendront plus tôt amis. Je crois, sur ma parole, qu'ils veulent enfoncer la porte. Ecoutez comme ils frappent.

(*Breme va se cacher derrière la table.*)

HENRI.

Qui a frappé?

UN LAQUAIS.

Je suis domestique d'un envoyé étranger. Mon maître aurait une communication importante à faire à monsieur le bourgmestre.

HENRI.

Allez au diable! Je ne sais ce qu'est devenu le bourgmestre. Eh! monsieur le bourgmestre?

BREME.

Prie-le de revenir dans une demi-heure, et dis-lui que j'avais auprès de moi deux chapeliers qu'il fallait expédier de suite. Henri, dis au bourgeois de revenir demain. Hélas! malheureux que je suis! j'ai la tête si troublée que je ne sais plus ce que je dis ni ce que je fais. Ne peux-tu pas m'aider, Henri?

HENRI.

Je ne connais pas de meilleur conseil à vous donner que de vous pendre.

BREME.

Va me chercher la Merluche politique qui est sur la table de ma chambre; peut-être verrai-je là comment on reçoit les envoyés étrangers.

(*Pendant que Henri est dehors, Breme se promène, plongé dans ses réflexions, et déchire la pétition du chapelier.*)

HENRI.

Voici le livre. Mais que déchirez-vous donc là? Je parie que c'est la demande du chapelier.

BREME.

C'est vrai. Je l'ai déchirée sans y songer. (*Il jette son livre par terre.*) Hélas! Henri, je crois que le meilleur sera de suivre ton conseil.

HENRI.

On frappe encore. (*Il sort, revient et crie.*) Ah! monsieur le bourgmestre, aidez-moi, monsieur le bourgmestre.

BREME.

Que faut-il faire?

HENRI.

Il y a là tout un régiment de matelots qui crient que, si le bourgmestre ne leur rend pas justice, ils casseront portes et fenêtres. L'un d'eux m'a jeté une pierre dans le dos. Ahi! ahi!

BREME, *se cachant sous la table.*

Henri, va prier ma femme de leur parler et de les adoucir. Peut-être auront-ils plus de respect pour une femme.

HENRI.

Oui, oui, croyez-vous donc que des gens de cette sorte aient du respect pour une femme? Si elle sort ils peuvent s'emparer d'elle, et le mal serait encore plus grand.

BREME.

Mais c'est une vieille femme.

HENRI.

Les matelots ne sont pas si difficiles. Pour moi, je ne voudrais pas exposer ma femme à un tel danger. On frappe. Faut-il ouvrir?

BREME.

Non, je crains que ce ne soient les matelots. Ah! mon Dieu! que ne suis-je mort! Va voir, Henri, qui c'est.

HENRI.

Ce sont deux membres du conseil.

SCÈNE VI.

SAND, LE DOCTEUR REHFUSS, LES PRÉCÉDENTS.

REHFUSS.

M. le bourgmestre n'est-il pas à la maison?

HENRI.

Oui, il est sous la table.

SAND.

Pourquoi donc vous êtes-vous mis là, monsieur le bourgmestre?

BREME.

Hélas! mes dignes messieurs, je n'ai jamais demandé à être bourgmestre. Pourquoi m'avez-vous jeté dans ce labyrinthe de malheur?

REHFUSS.

Vous avez accepté. Allons, levez-vous. Nous venons vous représenter la grande faute que vous avez commise envers le ministre étranger en le renvoyant d'une manière aussi outrageante. La ville pourrait en éprouver beaucoup d'ennui. Nous pensions que monsieur le bourgmestre connaissait mieux le *jus publicum* et le cérémonial.

BREME.

Mes bons messieurs, ôtez-moi mes fonctions de bourgmestre. Par-là je serai débarrassé d'un poids que je ne puis supporter, et l'envoyé sera satisfait.

SAND.

Eh! comment pourrions-nous vous retirer vos fonctions? Venez avec nous au conseil et l'on en délibérera.

BREME.

Je ne veux pas aller au conseil, quand vous m'y traîneriez par les cheveux. Je ne veux pas être bourgmestre. Je n'ai pas cherché à l'être; je suis un potier d'étain avec Dieu et avec honneur, et je mourrai potier d'étain.

SAND.

Quoi! voulez-vous faire une insulte à tout le conseil! N'a-t-il pas, dites-moi, accepté la place de bourgmestre?

REHFUSS.

Certainement; ici même.

SAND.

Nous allons délibérer là-dessus. Tout un conseil ne se laisse pas ainsi jouer.

(Ils sortent.)

SCÈNE VII.

BREME, HENRI.

BREME.

Henri!

HENRI.

Monsieur le bourgmestre?

BREME.

Que penses-tu qu'ils veuillent faire de moi?

HENRI.

Je ne sais. J'ai bien vu qu'ils étaient très en colère, et je m'étonnais de les entendre parler aussi librement dans la chambre de monsieur le bourgmestre. Si j'avais été à votre place, je leur aurais dit: Mais, imprudents que vous êtes, songez donc où vous vous trouvez!

BREME.

Ah! si tu étais bourgmestre, Henri; ah! si tu étais bourgmestre!

HENRI.

S'il m'était permis de troubler le cours de vos réflexions, je voudrais bien demander une chose, c'est que l'on m'appelât M. de Henri.

BREME.

Cesse ces plaisanteries. Il est temps d'en finir avec toutes ces sottes ambitions, car je n'y ai trouvé que soucis et malheur.

HENRI.

Ce que j'en dis ce n'est pas par présomption ni par orgueil; mais c'est que je ne serais pas fâché d'être un peu plus convenablement traité par les autres domestiques de la maison, notamment par Anna. Car...

BREME.

Si tu ne te tais pas, je te tords le cou... Henri!

HENRI.

Monsieur le bourgmestre?

BREME.

Ne pourrais-tu pas m'aider? Tiens, regarde; tâche d'arranger ces affaires à ma place, ou tu t'en trouveras mal.

HENRI.

Je ne peux pas assez m'étonner que vous me demandiez un tel service, vous qui êtes un homme si habile et qui avez été élevé à vos hautes fonctions uniquement à cause de votre expérience.

BREME.

Veux-tu encore te moquer de moi?

(Il prend une chaise pour le battre. Henri se sauve.)

SCÈNE VIII.

BREME, *seul.*

(Il s'asseoit, pose la main sur son front, et rêve un instant. Puis il s'élance avec tristesse et demande : Quelqu'un a-t-il frappé? *(Il se glisse doucement vers la porte; mais ne trouve personne. Il s'asseoit encore, commence à pleurer et s'essuie les yeux. Enfin, il se lève avec impétuosité, et s'écrie :)*

Que faire? par où commencer? Voilà une masse d'actes de pauvres diables... Le chapelier, l'adversaire du chapelier, une plainte en vingt points, une révolte des matelots, un envoyé étranger, remontrances du conseil, menaces. N'y a-t-il donc là point de corde? Oui, en voici une. *(Il y fait un nœud.)* On m'a prophétisé que mes études politiques m'élèveraient plus haut que les autres; la prophétie sera accomplie si la corde tient bon. Et puis, le conseil n'a qu'à venir; je m'en moque si je suis mort. Je ne demanderais qu'une chose; ce serait de voir l'auteur de la Merluche politique avec ses seize cabinets-d'état pendus auprès de moi. *(Il prend le livre sur la table et le déchire en entier.)* Tiens, maudit bouquin, tu ne tromperas au moins, désormais, pas un autre honnête potier. C'est pourtant une petite consolation que j'emporte avant de mourir. Maintenant il faut que je cherche un coin pour exécuter mon projet. Ce sera cependant assez remarquable, quand on dira après ma mort : Quel bourgmestre actif que ce Breme de Bremenfeld; tant qu'il a été en fonctions, il n'a pas dormi un seul instant.

SCÈNE IX.

EHRLICH, BREME.

EHRLICH.

Eh bien! que diable faites-vous donc?

BREME.

Je ne me soucie pas de juger, et je veux me pendre pour me délivrer de mes fonctions. Si vous voulez me tenir compagnie, vous me ferez plaisir.

EHRLICH.

Non; je vous remercie. Mais quelle raison avez-vous de prendre une résolution si désespérée?

BREME.

A quoi sert de disserter là-dessus? il faut toujours que je sois pendu; si ce n'est aujourd'hui, ce sera demain. Je vous prie seulement de faire mes adieux à ma femme et à ma fille, et de les prier de mettre sur ma tombe, cette épitaphe : «Arrête, voyageur. Ici s'est pendu le bourgmestre de Bremenfeld, qui, pendant le temps qu'ont duré ses fonctions, n'a pas pris une seule minute de repos. Fais-en de même.» Peut-être ne savez-vous pas, monsieur Ehrlich, que j'ai été bourgmestre, c'est-à-dire que j'ai eu à remplir une charge où je ne pouvais pas distinguer ce qui était noir de ce qui était blanc, et où je me suis montré complétement incapable. Après tous les ennuis que j'ai éprouvés, j'ai reconnu qu'il n'est pas si facile d'exercer de hautes fonctions que de porter un jugement sur ceux qui les exercent.

EHRLICH.

Ha! ha! ha!

BREME.

Ne vous moquez pas de moi; c'est mal.

EHRLICH.

Ha! ha! Maintenant je vois comme tout cela s'est passé; j'étais hier dans une auberge, et il y avait là des gens qui se mouraient de rire en entendant raconter un tour qu'on vous avait joué. On disait que quelques jeunes gens s'étaient amusés à vous persuader que vous étiez bourgmestre, pour voir comment vous vous en tireriez; tout ce que j'entendis alors m'affligea, et je venais précisément auprès de vous pour vous en parler.

BREME.

Ainsi je n'ai donc pas été bourgmestre?

EHRLICH.

Non, c'est une pure fiction que l'on a employée pour vous montrer la folie qu'il y a à vouloir parler de choses qui sont au-dessus de notre portée.

BREME.

Et l'histoire de l'envoyé étranger n'est pas vraie?

EHRLICH.

Non, sans doute.

BREME.

Et celle du chapelier non plus?

EHRLICH.

Non plus.

BREME.

Ni celle des matelots?

EHRLICH.

Non, non.

BREME.

Eh bien! je ne me pendrai pas. Ma femme, Louise, Henri, venez tous.

SCÈNE X.

BREME, EHRLICH, MADAME BREME, LOUISE, HENRI.

BREME.

Ma bonne femme, retourne à ton travail; notre vie de bourgmestre est finie.

MADAME BREME.

Comment, finie?

BREME.

Oui, c'était une plaisanterie que quelques personnes ont voulu me faire.

MADAME BREME.

Comment une plaisanterie? Il faut qu'ils s'en repentent, et toi aussi.

(*Elle veut lui donner un soufflet. Il la bat.*)

MADAME BREME.

Ah! mon cher petit homme, arrête, je t'en prie; mon amour, arrête.

BREME.

Je dois te dire que je renonce à la politique, et que par conséquent je ne compterai plus jusqu'à vingt si je reçois un soufflet. Je veux recommencer un nouveau genre de vie; je jette mes livres au feu, et je me remets à mon métier. J'avertis tous ceux qui sont ici que, si je les trouve jamais avec un livre politique, ou s'ils essaient d'en introduire dans la maison, je les punirai sévèrement.

HENRI.

Là-dessus il n'y a rien à me reprocher, monsieur le bourgmestre.

BREME.

Laisse cette folie de côté, et appelle-moi maître comme autrefois; je suis potier, je veux mourir potier. Ecoutez, maître Ehrlich, je sais que vous aimez ma fille; j'ai d'abord voulu mettre obstacle à cette union, mais à présent je vous donne mon consentement, ma femme vous donne le sien, et si vous êtes encore dans les mêmes dispositions, tout est décidé.

EHRLICH.

Mes sentiments n'ont pas changé, et je désire que le mariage se fasse bientôt.

BREME.

Le désires-tu aussi, ma femme?

HENRI.

Ah! que demandez-vous là? Madame Breme a toujours souhaité ce mariage.

MADAME BREME.

Tais-toi, je puis bien répondre moi-même. J'ai donné mon consentement à Ehrlich il y a trois ans.

BREME.

Et toi, Louise, je ne t'interroge pas; je pense que tu l'aimes? N'est-ce pas vrai? Allons, donnez vous la main, et demain le mariage aura lieu. Henri!

HENRI.

Monsieur le bourgm... Ah! pardon, maître, voulais-je dire!

BREME.

Tu brûleras tous mes livres politiques; je ne veux plus les voir après toutes les folies où ils m'ont conduit. C'est vrai; nous jugeons nos magistrats avec les livres, et nous ne comprenons rien nous-mêmes; c'est une tout autre affaire de connaître une carte marine ou de guider un vaisseau; on peut bien apprendre dans les livres à parler de différentes choses, mais ce n'est pas encore ce qu'il faut pour gouverner une ville. Que ceux qui auraient le même penchant prennent exemple sur ce qui m'est arrivé. Un pauvre potier d'étain qui se voit subitement appelé à remplir les fonctions de bourgmestre est comme un grand homme d'état qui devrait tout à coup exercer la profession de potier.

FIN DU POTIER D'ÉTAIN

LE CORRÈGE

(Correggio)

TRAGÉDIE EN CINQ ACTES,

PAR OEHLENSCHLÆGER.

NOTICE

SUR OEHLENSCHLÆGER ET LA TRAGÉDIE DU CORRÈGE.

L'Allemagne a fait, au milieu du siècle dernier, une révolution littéraire qui s'est propagée par toute l'Europe. Plus heureuse que les autres révolutions dont l'histoire nous garde le souvenir, celle-ci n'a point ensanglanté l'arène où elle se déployait. Plus heureuse que la révolution politique des temps modernes, elle n'a pas vu les rois se conjurer contre elle, et partout où elle posait le pied elle a jeté des germes qui, chaque jour, grandissent encore et fructifient. Les muses des deux partis combattaient, comme les bergers de Virgile, avec les vers et le chant; et quand la jeune muse de notre époque a détrôné l'ancienne, elle l'a reléguée au fond de son sanctuaire avec des couronnes de fleurs. Voyez : en Angleterre Byron se lève pour prononcer l'éloge de Pope; en Allemagne Gœthe rend un solennel hommage à l'esprit tout classique de Wieland ; Schiller se met à genoux devant Racine, et Manzoni s'arrête avec respect devant le Tasse. Des grands états qui avaient donné l'impulsion, la réforme littéraire pénètre dans les états secondaires. Zschokke l'introduit en Suisse, Feith et Bilderdijk la font revivre en Hollande; le savant Atterbom, l'évêque Tegner la défendent en Suède contre les censures de l'Académie, et en Danemarck, elle remet son drapeau entre les mains d'Oehlenschlæger.

Oehlenschlæger est un de ces hommes formés exprès pour répandre de nouvelles idées, pour appuyer une réforme. C'est un homme d'un génie ardent et passionné, qui doit tout à lui-même, et qui, en voulant prendre l'essor, s'est élancé d'un seul trait hors des limites routinières où l'on voulait le contenir. Comme poète danois il est souvent inspiré des traditions mythologiques de son pays. Il a soulevé ce voile nébuleux de la Scandinavie; il a entendu, comme Ossian, la voix des anciens héros gémir à travers les forêts, et il a connu la sauvage harmonie des Sagas. Comme poète chrétien il a souvent chanté, avec une douceur infinie, les mystères de la religion et les miracles de la foi. Ses œuvres offrent un singulier mélange de teintes sombres du Nord et de riantes couleurs du Midi. On sent, en lisant, qu'il a dû naître au milieu d'une nature sévère, sous un ciel triste et voilé; mais on sent aussi que son imagination s'est élancée plus d'une fois au-delà de ces landes et de ces forêts de pins, pour se repaître des riantes fictions de l'Orient. On sent qu'il a quitté le sol natal, qu'il a vécu dans une des belles contrées de la France, et que son génie s'est abreuvé aux flots de lumière du ciel d'Italie. C'est à la nature qu'il demandait des leçons, c'est la nature qui l'a formé. Ce qu'il a fait en Danemarck pour la littérature, personne avant lui n'avait pu le faire. Les hommes ne lui ont pas appris à être poète; il l'a été par goût, par entraînement; il l'a été en dépit des circonstances difficiles qui d'abord s'opposaient à sa vocation; en dépit de l'indifférence avec laquelle on écouta ses premiers vers et de l'envie qui s'attacha plus tard à ses succès. Il eut, au commencement de sa carrière, une existence indécise, flottante; il éprouvait cette vague agitation de l'esprit qui ne sait où il doit tendre; mais une fois qu'il eut entrevu son avenir poétique il s'y abandonna complètement, et cet avenir ne lui a pas manqué.

Oehlenschlæger (Adam) naquit le 14 novembre 1779 au château royal de Friedерichsberg, dont son père était gardien. C'est là qu'il reçut ses premières leçons, c'est là qu'il passa sa jeunesse. Dans sa biographie, écrite par lui-même, il nous a dépeint en détail cette vie de château et les impressions qu'elle lui faisait éprouver. Aussitôt l'été venu, le roi, les princes, la cour, quittaient Copenhague et venaient habiter Friedericksberg. Oehlenschlæger, encore enfant, regardait d'un œil curieux cette vie du grand monde, ce faste de la noblesse. Le château était envahi par une foule de hauts dignitaires et de gens à livrée; les salons des cérémonies s'ouvraient chaque jour; le parc retentissait du bruit des fanfares et des cris des chasseurs. Pendant quatre ou cinq mois, ce n'étaient que parties de plaisir et nombreuses réunions; et puis, aux premiers froids d'automne, la royale cohorte reprenait le chemin de Copenhague. L'un après l'autre on voyait s'en aller les hommes de cour et les brillants équipages. Le vieux gardien tirait les volets, fermait les portes, et tout rentrait dans le plus profond silence. Une fois le monde parti, Oehlenschlæger avait pleine liberté dans le château. Il s'en allait à travers les salles désertes, regarder les statues, les tableaux, s'arrêtant à loisir devant celui qui le frappait le plus et y revenant encore le lendemain. Pendant les soirs d'hiver, la famille se réunissait autour du poêle, et là, au bruit du vent qui s'engouffrait à travers ces grandes salles, Oehlenschlæger lisait à haute voix des romans de sorciers et de brigands; c'était lui qui était chargé d'en faire l'approvisionnement. Pour cela il s'en allait chaque semaine visiter les cabinets de lecture de Copenhague; et il paraît qu'il s'acquittait assez bien de ces fonctions, car il raconte lui-même qu'à l'âge de dix ou douze ans il avait déjà lu plus de trois cents volumes de romans. Je pense que tous ces souvenirs d'enfance, toutes ces impressions d'art, de lecture, de solitude et de soirées d'hiver, ont laissé plus d'une trace dans l'ame et la poésie d'Oehlenschlæger. Quand il eut passé ces premières années d'indolence et de liberté, ses parents l'envoyèrent à Copenhague à l'école. Ils étaient pauvres; ils avaient dû lui choisir une pension très modeste, et cette pension ne renfermait que des jeunes gens destinés à devenir horlogers, architectes, marchands ou maîtres ouvriers. Mais les dispositions littéraires d'Oehlenschlæger l'emportaient déjà sur celles qu'on eût voulu lui imposer. Il étudiait la mythologie du Nord, il composait des comédies et les jouait avec ses camarades. « Oh! tu es un bien plus grand homme que Molière, lui dit un jour un de ses maîtres; Molière mettait au moins quelques semaines à composer une comédie, et toi, pour la composer, la faire apprendre, et la jouer, tu n'as besoin que d'un jour. » Souvent aussi le jeune écolier revenait à la maison paternelle, et il passait ses jours de vacances à répéter les leçons qu'il avait reçues.

Un peu plus tard on le plaça dans une autre école où il apprit le latin. Il faisait de grands progrès dans ses études et il écrivait des vers dont il était très fier; mais ses professeurs n'en jugeaient pas comme lui. Une fois l'un d'eux lui disait : « Ne croyez pas, mon cher Oehlenschlæger, que vous ayez du génie parce que vous versifiez facilement; vous pouvez devenir un très bon négociant, mais vous ne serez jamais poète. Et alors, dit Oehlenschlæger, je l'écoutais avec une colère muette, en serrant le poing dans ma poche. »

Le penchant littéraire d'Oehlenschlæger se fortifiait à mesure qu'il avançait en âge. A dix-neuf ans il avait fini les études auxquelles ses parents l'avaient d'abord destiné; mais de tout ce qu'il avait étudié et appris, il ne lui restait qu'un goût assez prononcé de faire des vers et de se voir imprimer. Malheureusement il n'avait ni place, ni fortune, et pour pouvoir se consacrer à la poésie, et surtout à la poésie dramatique, car c'était alors son penchant dominant, il crut qu'il n'y avait point de meilleur moyen que de devenir acteur. Il était depuis long-temps en relations assez fréquentes avec les acteurs de Copenhague; il demanda à devenir leur collègue et débuta d'une manière satisfaisante. A cette époque le répertoire du théâtre danois n'était pas riche, surtout en pièces nationales. On y jouait des tragédies françaises, des tragédies anglaises, des comédies de Beaumarchais et de Shéridan, quelques pièces de Lessing; et si on ajoute à cela, comme productions du pays, deux ou trois pièces de Holberg, de Wessel, de Heiberg, on embrasse à peu près tout ce qui venait successivement occuper l'attention des habitants de Copenhague. Oehlenschlæger comprit très bien la pauvreté de ce théâtre, et l'un de ses vœux les plus ardents était de pouvoir y apporter remède; mais au bout de quelque temps, il se sentit fatigué de ces relations avec les coulisses, de cette vie d'acteur où il trouvait tant d'occupations insipides et tant d'heures perdues. Il avait fait connaissance avec deux jeunes gens qui suivaient les cours de l'Université; il s'associa à eux pour faire quelques études sérieuses. Il témoigna à son père le désir de se consacrer à la jurisprudence, et son père, qui n'avait pas voulu l'empêcher de se faire acteur, ne mit pas le moindre obstacle à ce qu'il embrassât une autre carrière. Quant à sa mère, elle regardait ce nouveau projet de son fils comme une conversion. Le jour où il s'était dévoué au théâtre, le soir même où il montait sur la scène, la pauvre femme était sortie tout en larmes de sa demeure et s'était jetée à genoux au milieu de la neige, en priant le ciel de lui inspirer de meilleures idées.

Mais au milieu de ses graves études de jurisprudence la poésie vint le reprendre de vive force, et il ne put lui résister. Il n'avait pas encore lu les principaux poètes allemands; Gœthe était regardé en Danemarck comme un écrivain de la dernière immoralité, et quand pour la première fois, Oehlenschlæger s'avisa d'en parler, on le lui représenta comme un homme dont il ne fallait pas chercher à connaître les œuvres; on lui dit que Werther avait occasionné maint suicide, et que ses pièces de théâtre respiraient trop de sensualité [1]. Cependant il parvint à se procurer la plupart des écrits de Gœthe et il les dévora; puis il passa à Schiller, à Jean Paul, et les livres de ces hommes de génie éveillèrent en lui une foule de sentiments poétiques inconnus jusqu'alors. En même temps, il devint amoureux; il rencontra la jeune fille qu'il devait épouser un jour, et cette nouvelle sensation, ajoutée à toutes celles que lui faisaient éprouver ses rêveries, ses lectures, ne contribua pas peu à déterminer en lui la vocation poétique.

Tout en continuant à se préparer à l'examen de jurisconsulte, il publia un almanach littéraire; et comme il voulait pénétrer à fonds dans la mythologie scandinave, il se mit à étudier l'islandais. Il lut les Sagas; puis après s'être essayé pendant assez long-temps à écrire l'ode de circonstance ou la petite comédie, il voulut faire des œuvres plus durables, et de cette époque datent quelques-uns de ses meilleurs écrits, tels que l'*Évangile de l'année* et le poème d'*Aladdin, ou la Lampe merveilleuse*. Il avait commencé depuis quelques années à apprendre la langue allemande. Il sentait bien que le public danois n'était pas assez nombreux pour pouvoir donner à un poète les encouragements nécessaires; aussi se hâta-t-il de traduire lui-même ses œuvres dans la langue de Gœthe et de Schiller, et il y a même plusieurs poèmes, entre autres la tragédie du *Corrège*, qu'il a composés simultanément dans les deux langues, en sorte qu'on peut le regarder aussi bien comme un poète allemand que comme un poète danois.

Cependant sa réputation commençait à s'étendre. Il prévoyait ce qu'il pouvait faire, mais il sentait aussi le besoin de voyager. Après avoir publié plusieurs volumes de poésies, qui avaient eu du succès, il se trouva juste assez riche pour payer sa place à la diligence jusqu'aux frontières de Danemarck, mais rien de plus. Le gouvernement vint à son secours et lui accorda une subvention, avec laquelle il se mit en route et visita successivement Halle, Berlin, Weimar, cherchant partout les hommes distingués, et établissant avec eux des rapports d'intimité. Il était à Weimar le jour même où se donna la bataille d'Iéna, et il a dépeint d'une manière assez curieuse l'inquiétude, le trouble qui régnaient dans la ville à l'approche de cette grande bataille, et la confusion et la terreur panique qui en furent la suite. — « Où est le chemin des montagnes s'écriaient en courant les fuyards de l'armée prussienne? Et quand on leur disait : Nous ne savons pas : — Eh! bien, s'écriaient-ils avec une nouvelle frayeur, où est le chemin où l'on ne trouve point de Français? »

De Weimar il vint à Paris, où il resta dix-huit mois. Il demeurait dans cette maison isolée des autres sur la place du Carrousel. C'est là qu'il traduisit en allemand sa tragédie de *Hakon-Jarl*, qu'il avait écrite pendant son voyage. Du reste, son temps se passait à visiter les environs de Paris, les théâtres, les galeries de tableaux et à voir quelques hommes de sa connaissance, tels que le médecin Koreff, Maltebrun et Baggesen, ses deux compatriotes; il alla voir aussi madame de Staël, qui demeurait alors près de Paris. Pendant ce temps le Danemarck était en guerre avec l'Angleterre, et le pauvre poète souffrait des embarras de son gouvernement. Après avoir attendu de mois en mois la subvention qui lui était promise, il fut obligé, pour partir, d'emprunter de l'argent d'un de ses amis, et il s'en alla à Stuttgardt chercher le libraire

(1) Pour bien comprendre ceci, il faut savoir que les Danois attribuent aux Allemands le caractère de légèreté que ceux-ci nous reprochent; ils traitent les Allemands d'*aimables étourdis* et se défient un peu de la futilité de leurs œuvres.

Cotta pour lui vendre quelques-uns de ses manuscrits, afin de pouvoir continuer son voyage. Heureusement Cotta le connaissait déjà de réputation; il l'accueillit avec cordialité, lui paya ses œuvres largement et le poète se remit en route.

Il traversa la Suisse, s'arrêta quelque temps à Coppet auprès de madame de Staël, visita tour à tour Milan, Turin, Florence, Rome. C'est là qu'il écrivit sa tragédie du *Corrège*, et il est facile de reconnaître dans cette pièce le sentiment mélancolique qu'il apportait du Nord et l'inspiration qu'il puisait dans le Midi. Après avoir parcouru en détail les principales villes d'Italie, il revint en Allemagne, riche d'observations, de souvenirs, emportant avec lui de nouvelles œuvres, et précédé d'une réputation qui, pendant son voyage, n'avait fait que s'accroître. Cependant Gœthe qui, la première fois, l'avait accueilli avec la plus vive cordialité, Gœthe qu'il aspirait surtout à revoir, le reçut avec une froideur marquée. Oehlenschlæger ne dit pas le motif de ce changement; mais le fait, tel qu'il le raconte, mérite d'être conservé.

«Gœthe m'avait invité deux fois à dîner, dit Oehlenschlæger, mais je ne retrouvai plus en lui la même affection et nous nous quittâmes froidement. Je devais partir le lendemain matin à cinq heures. Je rentrai chez moi avec tristesse; je cachai ma tête dans mes mains, et je sentis des larmes rouler dans mes yeux. Tout à coup je fus saisi du besoin irrésistible de revoir encore cet homme, de le serrer au moins encore une fois contre mon cœur. Il était déjà plus de onze heures du soir, mais je ne fis aucune réflexion: je courus à la maison de Gœthe; j'entrai dans la chambre de Riemer, son secrétaire, et je lui dis: Ne pourrais-je pas parler à Gœthe? je veux lui dire adieu. Et Riemer, remarquant le trouble où j'étais, n'osa pas me faire d'observation. Je vais voir, répondit-il, s'il est déjà couché. Et un instant après il revint et me dit d'entrer. Je trouvai l'auteur de *Goetz de Berlichingen* en camisole de nuit et prêt à se mettre au lit. — Eh bien! mon cher, me dit-il, vous revenez comme Nicodème. — Monsieur le conseiller, je venais vous dire un éternel adieu. — Adieu, mon enfant. — Rien de plus! m'écriai-je avec douleur. — Rien de plus, dit-il. Et je m'élançai hors de la chambre.»

De retour à Copenhague Oehlenschlæger se maria avec la jeune fille qu'il avait chantée. On le nomma professeur extraordinaire d'esthétique à l'Université de Copenhague, puis, en 1827, assesseur du consistoire, professeur ordinaire et chevalier de l'ordre de Danneberg.

Il se forma contre lui une opposition littéraire à la tête de laquelle était Baggesen, poète d'un grand mérite. Il avait d'abord été l'ami d'Oehlenschlæger, plus tard il le combattit avec dureté. Attaché aux principes de littérature classique qui avaient jusqu'alors régné en Danemarck, il regardait comme une hérésie les essais de la jeune école; mais ses efforts furent inutiles. La nouvelle littérature l'emportait, et le pauvre Baggesen se fit tant d'ennemis par ses satires qu'il se crut obligé de quitter Copenhague.

Quant à Oehlenschlæger, il défendit ses principes et par le raisonnement et par ses ouvrages. Ses cours d'esthétique ont toujours été très suivis, et presque tous ses écrits ont obtenu un grand succès.

Nous citerons entre autres *la Mort de Balder*, poème dramatique dont le sujet est emprunté à la mythologie scandinave; son beau poème d'*Aladdin*; des nouvelles, des poésies lyriques; sa tragédie de *Palnatoke*, d'*Axel et Walburg*, de *Hakon-Jarl* et celle du *Corrège*. Cette pièce a été jouée sur plusieurs théâtres d'Allemagne et elle a toujours été bien accueillie. On peut lui reprocher de manquer de mouvement; c'est de l'élégie plutôt que du drame, mais une belle et touchante élégie où les souffrances intérieures de l'artiste, les combats auxquels son ame est livrée, les rêves enthousiastes et les idées de découragement qui tour à tour le saisissent sont dépeints avec une admirable fidélité. C'est ainsi que Gœthe, dans sa pièce du *Tasse*, a voulu représenter ce qu'il peut y avoir de maladif, d'étrange et de douloureux dans l'existence du poète. Le drame de Gœthe a plus d'élévation et d'énergie; celui d'Oehlenschlæger est revêtu de couleurs plus douces et respire un sentiment plus tendre.

Les œuvres d'Oehlenschlæger ont été publiées séparément, en Allemagne, pendant plusieurs années. En 1829, il en a fait paraître à Breslaw une édition complète.

X. Marmier.

LE CORRÈGE

TRAGÉDIE.

PERSONNAGES.

ANTONIO ALLEGRI, peintre.
MARIE, sa femme.
JEAN, son fils.
MICHEL-ANGE.
JULES-ROMAIN.
OCTAVIO, gentilhomme de Parme.
RICORDANO, gentilhomme de Florence.
CÉLESTINE, sa fille.
SILVESTRE, ermite.
BAPTISTE, aubergiste.
FRANÇOIS, son fils.
VALENTIN, NICOLO et PLUSIEURS BRIGANDS.
LAURETTE, paysanne.
UN MESSAGER.
UN DOMESTIQUE.

ACTE PREMIER.

Le théâtre représente une place dans le village de Corrège. Dans le fond, une forêt ; à droite, une grande auberge ; à gauche, la petite maison d'Antonio avec un champ où Antonio est assis et peint. Sa femme est devant lui, tenant entre ses bras son fils Jean avec un bâton d'*Agnus-Dei* à la main.

ANTONIO.

Reste tranquille, mon enfant, reste tranquille. J'aurai bientôt fini, et alors tu pourras courir.

JEAN.

Dis-moi, mon père, et le petit Jean que je vois dans cette image est-il aussi bientôt achevé?

ANTONIO.

Oui.

JEAN.

Et la mère?

ANTONIO.

Aussi.

JEAN, *à sa mère.*

Vois-tu, ma bonne mère, toi tu représentes Marie, moi Jean, et mon père nous peint comme il nous voit tous les deux devant lui. Mais où est donc le petit enfant Jésus que tu portes sur ton sein dans ce tableau?

MARIE.

Il est au ciel.

JEAN.

Et comment mon père peut-il le voir?

MARIE.

Il se le représente aussi beau que possible.

JEAN.

Parce que c'était le plus beau de tous les enfants?

MARIE.

Oui, sans doute.

ANTONIO.

Reste tranquille.

JEAN.

Mon père, est-ce que je deviendrai peintre aussi un jour?

ANTONIO.

Peut-être, si tu travailles bien.

JEAN.

Oh! je veux bien travailler.

(*Silvestre sort de la forêt ; mais voyant Antonio occupé à peindre, il fait signe à Marie, s'approche tout doucement, et vient se placer derrière la chaise du peintre pour considérer le tableau.*)

SILVESTRE, *à part.*

Que cela est beau!

JEAN, *se tournant du côté de l'ermite.*

Mon père dit que je pourrais aussi devenir peintre.

ANTONIO *se retourne et aperçoit Silvestre.*

Ah! c'est vous, mon révérend frère?

SILVESTRE.

Ne vous dérangez pas. Continuez votre travail; les couleurs sèchent.

ANTONIO.

Non, c'est assez pour cette fois; et d'ailleurs, mon petit Jean ne peut plus rester tranquille. Le jeune sang doit se mouvoir.

SILVESTRE.

Oh! quel admirable tableau!

ANTONIO.

J'ai aussi peint quelque chose pour mettre dans votre cellule.

SILVESTRE.

Vraiment, vous auriez pensé à moi?

ANTONIO.

Ce que je vous réserve sera bientôt achevé. Je vous aime beaucoup, mon bon frère; mais je dois terminer ceci au plus tôt; car, voyez, avant tout il faut vivre.

SILVESTRE.

Je vous remercie de tout mon cœur, mon cher maître Antonio. Mais une de vos belles peintures est une chose trop précieuse pour moi; je n'en ai pas besoin. Mon grand tableau c'est la nature; c'est là, dans une forêt de chênes, que la Divinité se révèle à mes yeux. Portez vos ouvrages dans les palais, dans les cités, dans les églises; celui que la vanité et le défaut de réflexion éloignent de la nature, celui-là peut employer pour y revenir la main de l'artiste.

ANTONIO.

Pensez-vous donc que notre art ait tant de pouvoir?

SILVESTRE.

C'est le pont sublime, c'est l'arc-en-ciel jeté entre ce monde et le monde d'en-haut.

ANTONIO.

C'est une religion.

SILVESTRE.

Votre art plane invisible comme un chérubin; il pose ses pieds ici-bas, et porte vos jouets coloriés sur ses ailes.

ANTONIO.

Ah! vous avez bien raison d'appeler cela un jouet. Maintenant je vais vous chercher ce que j'ai fait.

SILVESTRE, *lorsque Antonio est loin, se tournant aussitôt du côté de Marie.*

Chère Marie, dites-moi, comment va la santé d'Antonio?

MARIE.

Hélas! mon Dieu, vous voyez comme il est pâle!

SILVESTRE.

Cela ne veut rien dire. Ne te tourmente pas, mon enfant. Il y a déjà bien trois longs mois, n'est-ce pas, qu'il fut frappé d'un coup de sang?

MARIE.

Oui.

SILVESTRE.

Et depuis ce temps n'as-tu pas eu occasion de rien pressentir de semblable?

MARIE.

Non, mon bon monsieur.

SILVESTRE.

La petite plaie qu'il avait s'est guérie d'elle-même. Sois sans crainte; son accident ne signifie plus rien. Antonio est jeune et doué d'une nature fraîche et bien organisée; il est très vif, comme le sont tous les artistes. La flamme répand la lumière, mais elle brûle aussi quelquefois. Cependant les passions ne s'emparent jamais de lui avec tant de violence. Il faut qu'il demeure calme et tranquille, et c'est ce qu'il fait maintenant.

MARIE.

Il est trop doux et trop bon pour ce monde; il est, comme son art, une sainte apparition que le moindre nuage peut facilement obscurcir. Ah! je vous le dis, mon révérend père, je ne le garderai pas long-temps. J'ai cette idée-là dans le cœur.

SILVESTRE.

Marie, mon enfant, quelles craintes te viennent donc? Eh bien! voilà que tu pleures.

MARIE.

Je ne le garderai pas long-temps. Son esprit tend sans cesse à sortir de ce monde. La vie n'est pour lui qu'un nuage sombre où l'éternelle clarté se brise en y jetant quelques couleurs.

SILVESTRE.

Mais ne t'aime-t-il pas?

MARIE.

Ah! oui, il m'aime.

SILVESTRE.

Et n'aime-t-il pas ton enfant?

MARIE.

Oui, comme un père.

SILVESTRE.

Et il chérit aussi tout ce qui est digne d'affection?

MARIE.

Oui, Dieu le sait.

SILVESTRE, *avec douceur.*

Laisse donc là tes pleurs; mets ta confiance en Dieu, et espère. Cela ne va pas si vite avec les efforts que nous faisons. Les artistes s'attachent à la terre; car ils sont, de même que l'enfance, attachés à tout ce qui frappe leurs sens; ils peuvent bien, comme des aigles hardis, s'élancer vers le ciel, planer sur les rochers et les nuages; mais ils ne sortent point de la mer éthérée. C'est un sang vaporeux qui entretient des sylphes diaphanes. C'est dans la nature; tout ce qui a de la vie doit aimer ce qui a de la vie. La vieillesse seule s'arrête sans effroi au bord des profondeurs désertes.

MARIE.

Le voici qui vient.

SILVESTRE.

Il ne faut pas te montrer triste à ses yeux.

(*Elle rentre.*)

ANTONIO, *avec une peinture.*

Voilà, mon révérend père, ce que je gardais pour vous.

SILVESTRE.

Ah! une Madeleine pénitente [1].

ANTONIO.

Elle trouva comme vous une retraite au milieu des forêts. Mais elle n'avait point comme vous, religieux vieillard, cherché la solitude avec amour, par l'ennui que lui causait le monde. C'était une pauvre pécheresse qui se sauvait, l'ame pleine de remords et d'angoisse, comme le chevreuil effrayé se sauve des embûches qu'on lui a tendues. C'est cependant bien, qu'une femme qui a succombé se relève; peu d'hommes pourraient en faire autant. Et voilà pourquoi nous la regardons comme une sainte. Mais elle était belle, et j'ai voulu pour ainsi dire personnifier en elle le sentiment religieux que l'on éprouve dans les forêts; j'en ai fait votre déesse; prenez-la, si elle vous plaît.

SILVESTRE, *en riant.*

Vous autres artistes, vous ne pouvez cependant jamais renier tout-à-fait le paganisme. Ma déesse! ma déesse!...

ANTONIO.

Déesse ou sainte, comme vous voudrez; les deux noms doivent signifier la même chose.

SILVESTRE.

Eh bien! si vous pensez ainsi... Mais quel délicieux tableau! L'ombre épaisse de la forêt, les cheveux blonds de Madeleine, sa peau blanche, son vêtement bleu, son visage plein de jeunesse auprès de cette tête de mort, cette ceinture de femme et ce gros livre, tous ces contrastes sont fondus avec tant d'art, et forment une belle harmonie.

ANTONIO.

Je suis très heureux, si cela vous fait plaisir.

SILVESTRE.

Je placerai ce tableau dans ma cellule, et le crépuscule du matin et celui du soir l'éclaireront de leur douce lumière. Que Dieu vous récompense! Pour moi, je ne le peux pas, je ne suis qu'un pauvre ermite. Cependant recevez, Antonio, ces racines que je vous apporte; leur suc plein de force rafraîchit une poitrine malade. Faites-en une boisson que vous prendrez chaque jour au lever et au coucher du soleil. Alors je me mettrai à genoux devant cette belle image, et la vertu de ces plantes, et votre bonne constitution et mes prières vous rendront la santé, je le crois.

ANTONIO.

Mon mal est passé depuis long-temps. Cependant je vous remercie, j'aime à prendre quelque chose de chaud le matin.

SILVESTRE.

Eh bien! adieu.

ANTONIO.

Écoutez. Encore une minute; je voudrais revoir ce petit tableau, il me semble qu'il s'y trouve une tache. (*Il le regarde avec amour.*) Non, cependant; c'est tout-à-fait net. Allons, adieu.

SILVESTRE, *reprenant le tableau.*

Portez-vous bien. Je vous remercie encore une fois.

(*Pendant ce temps Jean a pris un morceau de craie et s'amuse à dessiner des figures sur la muraille du voisin.*)

ANTONIO.

Cela me fait toujours de la peine de me séparer de mes ouvrages. On s'attache si étroitement au sujet que l'on a choisi! c'est un enfant, c'est une partie de notre ame. Les poètes sont plus heureux; ils peuvent conserver ces enfants-là auprès d'eux. Mais le peintre est un pauvre père qui doit les envoyer dans le monde pour qu'ils y travaillent eux-mêmes à leur fortune. — Eh bien! que fait donc là mon petit Jean? des fresques sur la maison du voisin. Arrête, Jean; le propriétaire se fâchera s'il te voit; tu sais qu'il te l'a déjà tant de fois défendu! Allons, comment peux-tu dessiner des jambes de la sorte? (*Il lui aide.*) Comme cela elles vaudront mieux. Ah! ah! c'est un drôle d'homme; mets-lui encore un grand bonnet sur la tête.

JEAN.

Et un sabre, mon père, un sabre!

ANTONIO.

Oui.

JEAN.

C'est moi qui veux le faire.

ANTONIO.

Oui, fais-le long et courbe.

BAPTISTE, *sortant de son hôtel.*

Ne voilà-t-il pas le vieux qui s'amuse là comme un enfant, et aide à son mauvais sujet de fils à barbouiller la muraille, au lieu de le fouetter comme il le mérite. Antonio, hé! m'entendez-vous?

(1) Ce petit tableau, dont nous ne possédons à Paris qu'une copie, se trouve maintenant à la galerie de Dresde, qui l'a payé 80,000 fr. *N. du traduct.*

ANTONIO, *embarrassé.*

Quoi donc, maître Baptiste?

BAPTISTE.

Quoi, diable! vous salissez ma muraille.

ANTONIO.

Ne vous mettez pas en colère, mon cher voisin. Je l'ai déjà souvent défendu à mon garçon.

BAPTISTE.

Souvent? et voilà que vous lui aidez!

ANTONIO.

Que voulez-vous? il me dessinait des jambes de soldat par trop extravagantes. Ne vous fâchez pas. Il n'y a point de mal que cette vieille moustache reste sur votre maison comme une sentinelle; elle pourra servir d'épouvantail aux voleurs.

BAPTISTE.

Elle ne servira à rien du tout; laissez ma muraille, vous dis-je, et si vous ne voulez par corriger votre enfant, c'est moi qui m'en charge.

ANTONIO.

Allons, soyez tranquille; pourquoi voudriez-vous tourmenter mon petit Jean? Voyez; ce qui grandit pour l'avenir doit se développer de bonne heure. L'enfant a un instinct qui le poursuit. Les doigts lui démangent, il veut peindre. C'est ainsi que le canard tout jeune se jette hardiment à la rivière et que l'oiseau essaie son vol. L'air et l'eau sont des éléments qui attirent. Il en est de même de la couleur.

BAPTISTE.

Bah, bah! tout cela sont des niaiseries. Avez-vous jamais vu mon fils François s'amuser ainsi à barbouiller les murailles? C'était un garçon paisible, bien élevé; à présent Rome le verra devenir grand peintre.

ANTONIO.

Croyez-vous?

BAPTISTE.

Ce sera un grand peintre, je vous le dis, un véritable artiste qui peint d'après les règles et les principes. Quand il aura assez étudié auprès de son maître, je l'enverrai à Raphaël pour qu'il lui donne les dernières leçons.

ANTONIO.

Raphaël est mort, il y a dix-huit ans.

BAPTISTE.

Bon! il en est d'autres qui ne sont pas morts. J'ai de l'argent, et je ne veux rien épargner. Aujourd'hui la mode en Italie est de peindre, je veux que mon fils peigne. J'ai de l'argent; je veux qu'il s'en serve. Je lui achèterai pinceaux, toiles, couleurs, palettes et crayons, tout ce dont il aura besoin: car il n'y a rien de plus triste que de voir l'art se traîner dans la pauvreté.

ANTONIO.

Surtout dans la pauvreté d'esprit.

BAPTISTE.

Comment? A quoi songez-vous? Que voulez-vous dire?

ANTONIO.

Pensez-vous que le pinceau fasse le peintre? Non, jamais. Croyez-moi.

BAPTISTE.

Mon François deviendra peintre, à votre honte; car ce ne sera pas un malheureux artiste de village qui représente seulement le jour, mais....

ANTONIO.

Encore la nuit [1]? Moi, je le puis aussi.

BAPTISTE.

Ah! vos ridicules morceaux! On n'y trouve pas le sens commun. Vous y faites reluire votre fils comme un ver de Saint-Jean [2].

ANTONIO.

Prenez garde de dire une sottise. Que parlez-vous de sens commun? Si vous voulez comprendre les choses divines, il faut que la Divinité vous inspire.

BAPTISTE.

Je crois que vous finirez par faire de vous un dieu.

ANTONIO.

Je suis un pauvre homme. Élevé par mes propres soins, je ne songe pas à prendre place auprès de ces génies immortels qui nous rendent heureux par leurs ouvrages; car je sais tout ce qu'ils ont fait. Mais je crois que la nature m'a rendu artiste aussi et que je ne mérite pas qu'on se moque de moi, et je ne suis pas le seul qui le croie.

BAPTISTE.

Sans doute, parce que quelque bonne âme vous a déjà payé vos bariolages beaucoup trop cher.

ANTONIO, *avec gaîté.*

Eh, eh! monsieur Baptiste, vous êtes maître d'hôtel; bravo! Vous êtes bon cuisinier; *bravissimo!* Un bon cuisinier est un homme très honorable. Vous nous avez donné à

(1) On sait que le Corrége a peint deux tableaux qui sont connus sous le nom de *la Nuit* et *le Jour*, à cause des divers effets de lumière qu'ils offrent. Ces deux morceaux admirables, qui, aux yeux de quelques connaisseurs, passent pour les chefs-d'œuvre du peintre, sont maintenant à la galerie de Dresde, et c'est à ces ouvrages que Œhlenschläger a sans doute voulu faire allusion. *N. du trad.*

(2) Espèce de vers luisants plus connus en Allemagne qu'en France, et que l'on désigne sous le nom de vers de la Saint-Jean (*Johanniswurm*), parce que c'est ordinairement au mois de juin et vers la Saint-Jean qu'on les voit apparaître et voltiger dans les bois en petits tourbillons. *N. du trad.*

manger à moi et à ma pauvre femme, et je vous suis encore redevable d'une petite somme. Patience! je vendrai dans peu de temps mon tableau. Ne vous mettez pas de mauvaise humeur. Si votre fils ne peut être peintre, il sera autre chose. Tout le monde ne doit pourtant pas avoir le même métier. Il faut bien qu'il y ait des gens qui se fassent peindre. Soyez gai et confiant. Donnez-moi encore aujourd'hui et demain ce dont j'ai besoin, et après-demain je vous paie tout à la fois.

BAPTISTE.

Vous ne recevrez plus rien avant d'avoir acquitté votre compte.

ANTONIO.

Soit. Je ne puis pas mendier, et j'aime mieux mourir de faim.

UN MESSAGER, *arrivant près de Baptiste.*

Une lettre de Rome.

(*Il sort.*)

BAPTISTE *ouvre la lettre et regarde la signature.*

C'est de Lucas, le maître de mon fils. Maintenant vous allez voir que cela va autrement que vous ne l'imaginez.

ANTONIO.

Est-ce la première lettre qu'il vous écrit?

BAPTISTE.

Oui, mais ce ne sera pas la dernière.

ANTONIO.

Lucas est renommé comme un homme d'honneur et comme un bon artiste. Eh bien! parions qu'il a de votre fils la même opinion que moi.

BAPTISTE.

Comment?

ANTONIO.

Parions le prix d'un dîner.

BAPTISTE.

Et si vous perdez, que me donnerez-vous?

ANTONIO.

Mon grand tableau.

BAPTISTE.

Celui que vous venez de faire?

ANTONIO.

Oui, je parie mon grand tableau contre la valeur d'un dîner que Lucas refuse à votre fils les moyens de devenir peintre.

BAPTISTE.

Vous êtes un fou. Ne vous plaignez pas si vous perdez.

ANTONIO, *lui présentant la main.*

Non, bien sûr. Est-ce dit?

BAPTISTE.

J'y consens. Mais nous n'avons pas besoin de nous donner la main; il n'y a que les amis qui agissent de la sorte.

ANTONIO.

Je suis aussi peu votre ennemi que François est bon peintre.

BAPTISTE.

Vous allez voir.

ANTONIO.

Lisez.

BAPTISTE *lit.*

« Reprenez votre fils; il n'est pas né artiste, et vous dépensez un argent inutile pour lui. »

ANTONIO.

Ne l'avais-je pas pensé? Voyez-vous, le barbouilleur peut aussi quelquefois deviner juste. Eh bien! pourquoi vous mettre en colère? Vous devriez vous estimer heureux, au contraire, que votre fils soit tombé entre les mains d'un homme qui n'a point voulu prendre votre argent. Rappelez François ici, employez-le dans votre auberge; cela vaut mieux sous tous les rapports. Allons, au revoir! N'oubliez pas notre gageure. C'est parce que le besoin m'y force que je vous la rappelle.

(*Il sort.*)

BAPTISTE, *seul.*

Rappelez votre fils... Damnation! Et ce mauvais drôle d'Antonio est là qui se pavane et triomphe! et moi j'ai l'air d'un pauvre diable. Ah! si je savais seulement de quelle manière je pourrais l'humilier. Voici ma maison, là est sa cabane, et pas un étranger ne vient chez moi sans visiter ce misérable, pour voir ses sottes productions. On parle plus de lui dans les villes étrangères que de... (*Octavio sort de l'auberge.*) Ah! voici mon maître. Changeons de contenance; il n'aime pas les gens sérieux.

OCTAVIO.

Comment te portes-tu, Baptiste? Mais tu me sembles triste. Qu'as-tu donc? Un petit billet d'amour; hem! ta belle t'aura donné un refus?

BAPTISTE.

Non, pas à moi, mais à mon fils.

OCTAVIO.

Comment cela?

BAPTISTE.

La muse de la peinture (c'est ainsi, je crois, qu'on la nomme)... Le maître de François écrit de Rome que je dois rappeler mon fils à la maison; car il ne peut devenir peintre.

OCTAVIO.

Bien. J'en suis très content. Il pourra tenir mes comptes et me servir d'intendant.

BAPTISTE.

Excellence! Votre Grace!...

OCTAVIO.

Je te l'ai dit depuis long-temps. Tu es trop éloigné de moi. Il faut que j'aie quelqu'un sous la main, et depuis que tu as une auberge, tu me fais défaut à tout moment ; car ce n'est plus assez que tu viennes une fois chaque semaine à Parme.

BAPTISTE.

Excellence!.. Votre Grace me touche le cœur jusqu'aux larmes.

OCTAVIO.

Comment donc as-tu eu la sotte idée de vouloir faire un peintre de ton fils?

BAPTISTE.

Que voulez-vous? C'est la mode en Italie ; et puis les artistes sont élevés si haut, qu'ils peuvent à présent refuser des nièces de cardinaux pour épouses.

OCTAVIO.

C'est peut-être l'exemple d'Antonio qui t'a séduit?

BAPTISTE.

Mon Dieu! Le pauvre diable! Il n'a pas besoin de rejeter les prétentions des hautes dames ; il se contente à moins, car sa femme est la fille d'un potier.

OCTAVIO.

Baptiste, je lui envie le choix qu'il a fait ; sa femme est auprès des grandes dames comme une rose auprès de quelques fleurs peintes.

BAPTISTE.

Oui... oui, cela est vrai.

OCTAVIO.

Sais-tu pour quelle raison je demeure ici depuis si long-temps?

BAPTISTE.

Votre Excellence aime...

OCTAVIO.

Tu sais?

BAPTISTE.

Les beaux points de vue, et elle se sert de ma maison comme d'une villa d'été. Je regrette seulement que son Excellence ne puisse pas s'arrêter ici davantage.

OCTAVIO.

Je le regrette aussi. As-tu déjà fait seller le cheval?

BAPTISTE.

Oui ; il est là tout prêt.

OCTAVIO.

Tu me suivras.

BAPTISTE.

Sans aucun doute ; aujourd'hui même.

OCTAVIO.

Bon. Mais, pour en revenir à ce peintre, sais-tu, mon ami, qu'il possède un trésor dont je suis jaloux?

BAPTISTE.

Lui? Il ne possède rien ; pas un denier.

OCTAVIO.

Pourtant je donnerais bien une belle quantité de deniers pour avoir ce qui est à lui.

BAPTISTE.

Votre Excellence m'étonne.

OCTAVIO.

Il a une madone que j'achèterais volontiers.

BAPTISTE.

Ah! oui, son nouvel ouvrage. Mais cela ne vaut pas grand'chose ; permettez-moi de vous le dire, Excellence ; ce n'est pas du tout l'idéal de la mère de Dieu, mais seulement le portrait de sa femme.

OCTAVIO.

Et si l'original était précisément pour moi la plus belle de toutes les madones?

BAPTISTE.

Vraiment! Alors, je commence à y voir clair. La femme du peintre a trouvé grace aux yeux de Votre Excellence?

OCTAVIO.

Ne tiens donc pas ce langage ridicule. Dans les relations entre homme et femme, c'est toujours la femme qui est l'Excellence quand elle est belle. La beauté forme ses armoiries et ses titres de noblesse.

BAPTISTE.

Vous parlez, Monseigneur, comme un brave chevalier ; vous faites honneur à votre rang et à vos aïeux. Vous voudriez donc que cette femme vous fût favorable?

OCTAVIO.

Cependant je ne voudrais pas offenser le mari. Tu le connais ; dis-moi, est-il de ces gens qui...

BAPTISTE.

Ah! mon Dieu! c'est une bonne pâte d'homme, qui vit dans le monde comme dans un rêve. Je crois qu'il a pris cette femme pour avoir un modèle à meilleur marché. Quant à elle, c'est une charmante créature, que vous avez bien raison d'appeler madone. Mais son mari ne la traite pas comme elle le mérite ; il la laisse manquer de tout ce qu'une jeune femme à le droit de désirer. A peine s'il la nourrit, et pourtant elle supporte son malheur avec patience et résignation. Votre Grace ferait vraiment une œuvre toute chrétienne si elle prenait sous sa protection cette pauvre femme.

OCTAVIO. *Il se détourne et aperçoit Antonio qui s'est de nouveau remis à peindre.*

Le voilà qui travaille encore à cette douce image. Je veux acheter son tableau, et l'inviter, lui avec sa femme et son enfant, à venir à Parme ; il me peindra le plafond de ma grande salle.

(Il regarde Antonio et le salue.)

BAPTISTE, *à part.*

Oh! cela va bien. La vengeance arrive d'elle-même.

OCTAVIO.

Votre tableau sera bientôt achevé, n'est-ce pas, maître Antonio?

ANTONIO.

Oui, Monseigneur; j'espère le terminer aujourd'hui.

OCTAVIO.

A-t-il déjà sa place assurée?

ANTONIO.

Non; il faut qu'il trouve encore un acheteur.

OCTAVIO.

Une chose si belle que la madone peinte sur cette toile n'a pas besoin de chercher long-temps. Il y aura toujours pour elle assez d'amateurs.

ANTONIO.

Les amateurs ne manquent pas, il est vrai; mais ce qui est plus difficile à rencontrer, c'est que l'amateur devienne aussi l'acheteur. Quant au plaisir qu'on prend à voir cette image, s'il ne s'agissait que de cela, je sais quelqu'un qui l'aime de tout son cœur et à qui je l'abandonnerais avec joie, si seulement il pouvait la payer.

OCTAVIO.

Qui est-ce donc?

ANTONIO.

C'est moi, Monseigneur.

OCTAVIO.

Vraiment, je le crois. Vous avez raison d'aimer ce tableau; il est très bien et vous fait honneur.

ANTONIO.

Ah! ce n'est pas pour cela que j'y tiens; mais un artiste doit aimer son travail comme une vue, comme une émanation de son ame.

OCTAVIO.

Bon! bon! Je pense que maître Antonio saura se consoler. On m'a dit que cette belle madone ne vient pas tout-à-fait de l'ame, et qu'il y a encore quelque chose de par le monde qui lui a bien fourni quelques traits. Ainsi vous conservez la statue dans votre maison, et vous ne faites qu'en rendre une copie en plâtre.

ANTONIO.

Vous ne pouvez pas dire que cette image ne soit qu'une copie.

OCTAVIO.

Maître Antonio, voulez-vous me vendre ce tableau?

ANTONIO, *avec un mouvement de joie.*

Mon bon Seigneur, bien volontiers.

OCTAVIO.

J'ai fait construire à Parme une large salle pour y placer des peintures. Il n'y a pas un grand maître vivant dont je ne possède quelque chose; vous devez aussi y prendre part.

ANTONIO.

Vous me faites trop d'honneur. Avez-vous effectivement là une collection de tous les bons maîtres?

OCTAVIO.

Oui.

ANTONIO.

Si j'en excepte quelques tableaux d'autel, je n'ai encore rien vu des grands peintres.

OCTAVIO.

Comment êtes-vous devenu peintre?

ANTONIO.

Dieu le sait. Cela est venu peu à peu, de soi-même.

OCTAVIO.

Ainsi c'est convenu. Quand le tableau sera prêt, vous viendrez me l'apporter à Parme et vous visiterez tous mes trésors. Je vous donne pour cet ouvrage quatre-vingts scudis, qui doivent vous être payés sur-le-champ.

ANTONIO.

Monseigneur, c'est trop; c'est plus que je n'ai mérité.

OCTAVIO.

Un noble doit savoir apprécier de nobles choses; il ne marchande pas avec un bon artiste, il le récompense et le soutient.

ANTONIO.

Excellent Seigneur!...

OCTAVIO.

J'espère aussi qu'à Parme vous ferez mon portrait. Soyez seulement assez complaisant, maître, pour prier votre jeune femme de venir ici, afin que je voie si l'image que vous avez faite est ressemblante.

ANTONIO.

Elle est un peu timide devant les étrangers, et surtout devant un si grand seigneur.

OCTAVIO.

Allons, qu'importe? faites-moi le plaisir de l'appeler.

ANTONIO.

Si vous voulez. Cependant la ressemblance n'est pas telle que vous l'imaginez. Je n'entends point que l'on copie d'une manière si scrupuleuse... (*Il appelle.*) Marie! ma femme! C'est seulement..... Enfin vous verrez..... Marie!

MARIE.

Que veux-tu, mon bon ami?

(*Elle aperçoit Octavio et le salue.*)

ANTONIO, *lui parlant à l'écart.*

Ce seigneur veut m'acheter mon tableau, et il m'en donne quatre-vingts scudis. C'est un noble et brave homme, sans doute; il aime l'art et protége l'artiste; et maintenant il veut voir si la Marie qui est près de moi ressemble à la Marie qui est peinte sur cette toile.

OCTAVIO.

Vous vous appelez aussi Marie, ma belle dame?

MARIE.

Oui, Monseigneur, pour vous servir.

OCTAVIO *jette un regard assez léger sur la toile et un regard profond sur Marie.*

Combien je me plais à découvrir la ressemblance et aussi la différence qui existe entre les deux madones! Maître, vous avez fait preuve de beaucoup d'art; vous avez donné à la fraîche et riante image de votre femme, à sa rare beauté, une expression de piété et de recueillement qui lui va à merveille. Je ne sache qu'une chose qui lui aille encore mieux; c'est l'innocence et l'admirable simplicité qu'elle tient de la nature. Celui qui ne verrait que votre tableau devrait être entraîné par la madone qu'il représente, et dire: « Il n'y a rien de plus gracieux dans le monde; » mais quiconque voit votre femme doit s'écrier avec transport: « Voilà l'ouvrage de Dieu; aucun artiste ne peut le faire! » Et moi, qui aime l'art et la nature, je ne puis qu'admirer à la fois et la douceur et la beauté de votre femme, et la puissance de votre talent.

ANTONIO.

Vous êtes trop bon, mon noble Seigneur.

OCTAVIO.

Il faut que je parte. Je ne dois pas m'arrêter ici plus long-temps, quelque attrait qu'aient pour moi la nature, l'art et la beauté. Mais venez me retrouver bientôt, dès que cette peinture sera achevée. Nous ferons peut-être alors de nouveaux arrangements. Mon palais est très grand; il y a là de quoi loger un artiste, sa femme et son fils. Vous avez peint des fresques dans les églises de Saint-Joseph et de Saint-Jean; vous devez peindre aussi le plafond de ma salle. Adieu, mon ami; adieu, ma toute gracieuse dame. Si les choses vont comme je le désire, nous serons tous bien heureux.

(*Il part.*)

BAPTISTE.

Eh bien! Antonio, qu'en dites-vous? Vous ai-je procuré une mauvaise connaissance?

ANTONIO.

Donnez-moi votre main; oubliez ce qui s'est passé entre nous. Vous êtes un brave homme.

BAPTISTE, *avec un sourire méchant.*

N'est-ce pas? Et maintenant je vais vous préparer votre dîner.

(*Il rentre chez lui.*)

ANTONIO.

C'est pourtant vrai; aussitôt que le besoin devient trop pressant, le secours est là. Allons, Marie, tu dois te réjouir avec moi. Vois-tu se réaliser ce que je t'ai dit souvent, qu'il y a encore de bonnes ames dans le monde? L'homme n'a besoin que d'agir; il trouve toujours des protecteurs, des amis, des soutiens. Mais tu me sembles être si sérieuse!... Oh! prends donc part à mon bonheur. A présent, je puis retourner à mes pinceaux. Non, la main me tremble de joie comme le cœur. (*Jean s'approche.*) Viens, mon doux enfant, viens auprès de ton père. Nous allons nous asseoir à table jusqu'à ce que nous jouions ensemble.

(*Il prend son fils dans ses bras et l'emmène du coté du bosquet.*)

MARIE, *seule.*

Me réjouir!... Hélas! je ne pressens rien de bon. Le comte!... Combien de fois avec ses regards et ses serrements de main!... Mon Dieu! Pauvre Antonio, tu te sens heureux; ton ame pure et candide n'a aucun soupçon de la méchanceté. Cependant il faut que ce misérable noble soit humilié. Mais que deviendront tes espérances, ta fortune? « Il faut qu'il se préserve des orages du cœur, qu'il vive tranquille et satisfait. » Ah! vieil ermite, est-ce la mort qui t'a envoyé auprès de moi pour me donner cet avertissement. Le ciel n'est pas pour long-temps bleu et serein. Un siroco brûlant plane sur nous. La tempête se montre sur ces nuages noirs et s'approche de notre pauvre cabane. Hélas! nous ne verrons plus refleurir notre modeste bonheur. L'éclair vient de luire! Qui nous délivrera?

ACTE DEUXIÈME.

JULES-ROMAIN.

Venez. Voyez-vous? cette place est fraîche et bien aérée; là est l'auberge, une grande maison toute neuve, comme on nous l'a dit. Nous sommes certainement mieux ici qu'à Reggio.

MICHEL-ANGE.

Le maudit homme!

JULES.

Comment, maître Michel, vous êtes devenu violent! Il n'y a rien à cela d'extraordinaire; car cette chaleur du midi est brûlante. Mais venez vous rafraîchir sous ces arbres. On dit qu'il y a dans cette auberge du bon vin; ne soyez donc pas si en colère contre notre cocher. Une roue se brise facilement, et la grande roue du temps marche quelquefois d'une façon si drôle qu'on pourrait la croire brisée.

MICHEL.

Laissez-moi tranquille avec votre roue du temps.

JULES.

Et puis après, cela glisse comme un traîneau, tellement qu'on ne pourrait pas croire que c'est une roue.

MICHEL.

Faites-moi grace de vos pointes d'esprit.

JULES.

Je le veux bien, mais quand vous me ferez grace de votre colère.

MICHEL.

Alors vous pouvez attendre long-temps.

JULES.

C'est bon! J'ai encore une provision de facéties. Venez vous asseoir sous ce chêne. Je sais bien que c'est au laurier à ombrager votre tête; mais ce feuillage est beau aussi, et un peu parent de celui du laurier.

MICHEL *s'asseoit.*

Vous êtes très poli.

JULES.

Nous devions être aujourd'hui à dîner chez le duc de Modène.

MICHEL.

Oui, à ce qu'il me semble.

JULES.

Ce noble seigneur et celui de Mantoue nous attendent en vain.

MICHEL.

Laissez-les attendre; c'est ainsi que ces messieurs s'exercent à la patience; ils peuvent en avoir besoin.

UN DOMESTIQUE *vient.*

Quels sont les ordres de Vos Seigneuries?

JULES.

Apportez-nous du vin, mon cher. Mais quel vin avez-vous?

LE DOMESTIQUE.

De toutes sortes, Excellence.

JULES.

Alors donnez-nous le meilleur.

MICHEL.

Non pas. Vous nous faites toujours passer, Jules, pour des princes qui voyagent incognito, et qui, le long du chemin, dévoilent par leurs grandes dépenses et leur générosité ce qu'ils sont. Dites-moi, jeune homme, avez-vous du bon florentin?

LE DOMESTIQUE.

Oui, monseigneur.

MICHEL.

Apporte-nous-en une bouteille.

(*Le domestique sort.*)

JULES.

N'aimez-vous pas mieux le doux?

MICHEL.

Que Dieu m'en préserve! Vous en voulez peut-être? Attendez, que j'appelle le garçon.

JULES.

Non, je boirai avec vous.

MICHEL.

Et vous ferez bien. Le doux ne doit être employé que rarement et avec précaution. Ici ce serait tout-à-fait inutile. Gardez-vous de ce qui est doucereux, et n'oubliez pas que votre grand maître Raphaël en est mort.

(*Le domestique avec le vin.*)

JULES.

Voici le vin. Il est bon. Comme cela rafraîchit bien pourtant par un jour de chaleur!

MICHEL.

Ce vin-là est détestable; il a le goût du cuivre. Comment diable! voulez-vous nous empoisonner? Apporte-m'en un autre sur-le-champ, ou je te jette mon verre à la figure.

LE DOMESTIQUE.

Nous en avons un meilleur; mais il est cher.

MICHEL.

Je paierai cinq baïoques tout ce que vous avez de meilleur; seulement, qu'il soit ici à la minute.

JULES *sourit en regardant Michel.*

Dans les petites choses comme dans les grandes on reconnaît toujours le vieux Michel.

MICHEL.

Comment entendez-vous cela?

JULES.

Je pense que vous pourriez être une bonne cave à vin, pour peu que cela vous fît plaisir. Savez-vous pourquoi?

MICHEL.

Pourquoi donc?

JULES.

Parce que la nature vous a donné plein pouvoir de vous élever et de vous rapetisser comme cela vous convient.

MICHEL.

Se rapetisser est très facile, et nous venons d'en avoir la preuve. Mais n'est-ce pas honteux? l'Italie est un Élysée, où le vin, mûri par un généreux soleil et plein de force et de feu, découle des grosses grappes sur tous les chemins. L'indigne paresse de l'homme gâte et détruit les dons de Dieu. N'est-ce pas insupportable?

JULES.

Eh bien! ne vous fâchez plus. Voici un autre verre qui sera meilleur.

MICHEL *goûte le vin qu'un domestique lui apporte.*

Le vin est bon.

LE DOMESTIQUE.

Vos Seigneuries ont-elles encore quelque chose à commander?

MICHEL.

Nous verrons quand il en sera temps.

(*Le domestique sort.*)

JULES.

Il faut que nous fassions préparer notre dîner, et tandis qu'on mettra la table, nous pouvons aller à l'église visiter quelques tableaux des anciens maîtres. Il doit y avoir des morceaux de Giotto et de Cimabüe.

MICHEL.

Et quand il y en aurait de Saint-Luc lui-même, les plus belles têtes peintes sur un fond d'or, je n'irais pas. N'ai-je déjà pas assez souffert de cette chaleur? Faut-il que je m'en aille encore sous des voûtes humides observer tous les longs tâtonnements de l'art? C'est bien; j'en ai assez; ma curiosité est satisfaite pour long-temps. Et que pourrais-je apprendre là? à composer des têtes? Mais je puis bien en composer moi-même. Quant à trouver de belles formes dans ces vieux tableaux, il ne faut pas y songer. Je reste donc; mais allez-y, vous à qui Raphaël a légué comme héritage son admiration pour les anciennes peintures catholiques. Seulement, prenez garde de peindre, dans le premier ouvrage que vous ferez, votre héros avec des bras et des cuisses trop maigres. Pour un saint cela passe; mais le corps d'un héros demande à être doué de plus de force.

JULES.

Voilà le statuaire qui parle et non pas le peintre. Les membres se façonnent sur la pierre; mais la couleur exprime l'ame. Les belles formes nous viennent des Grecs; mais la sculpture ne nous rend point l'étincelle de vie qui anime le regard, et pour comprendre l'expression du visage nous devons observer les œuvres naïves que l'art produit dans son enfance.

MICHEL.

Regardez tout ce qui vous plaira. Moi je demeure ici. J'aime mieux prendre l'air sous ces beaux arbres que de me traîner dans vos sombres et tristes églises, à la recherche des vieux saints.

JULES.

Venez avec moi. Vous m'avez déjà souvent tenu ce langage; mais si parfois vous avez consenti à visiter ces anciennes œuvres d'art, leur simplicité et leur énergie calme vous ont plu. Vous avez un véritable cœur d'artiste; mais un mauvais lutin parle par votre bouche.

MICHEL.

Vous êtes bien bon de me consoler. Mais vous perdez votre temps avec moi. Je n'ai pas l'*ame*, comme vous l'appelez, semblable à celle de votre grand maître. Je ne suis pas un Raphaël; je le sais.

JULES.

La puissance des hommes forts est d'une nature différente. Vous êtes deux archanges dans l'art : *Michel* et *Raphaël*. Qui des deux est le premier? Lui m'apparaît comme un chérubin aux ailes argentées et à la tête gracieuse d'enfant, et vous, Michel, vous êtes un séraphin avec six grandes ailes.

MICHEL.

Le vin cuivré que nous avons bu vous donne de la poésie. Allez toujours, seigneur Urian... Que voulais-je dire, seigneur Uriel? Vous êtes sans doute le troisième archange, n'est-ce pas? Allez, monsieur le flatteur; vous pouvez avec vos compliments séduire de jolies femmes, mais moi, non.

JULES.

Venez avec moi.

MICHEL.

Non.

JULES.

Eh bien! demeurez, mauvaise tête, et prenez soin seulement de nous faire préparer un bon dîner.

MICHEL.

Je regrette que vous ne puissiez faire aujourd'hui gala chez le duc. Moi, je suis un bourgeois de Florence, habitué à me nourrir comme les ouvriers. Si vous voulez dîner avec moi, il faut songer à vous pourvoir.

JULES.

Arrangez tout comme il vous plaira.

MICHEL.

Saluez très humblement vos saints pour moi.

JULES.

Oui, et je leur annoncerai votre jeûne, ce qui les réjouira beaucoup, car ils aiment les grosses pénitences.

(*Il sort.*)

MICHEL.

L'étourdi! avec son babillage il m'a cependant enlevé presque toute ma mauvaise humeur. Un brave garçon que ce Jules-Romain! Si seulement il pouvait renoncer à sa manière doucereuse de peindre! (*Baptiste vient.*) Qu'est-ce donc que cette figure de singe?

BAPTISTE.

J'apprends avec effroi comment votre voiture eût pu devenir fatale à Votre Grace. Dieu soit béni que tout aille bien! Vous couriez grand risque de vous blesser, et un trou à la tête ou au bras, ou, ce qui est pis, une jambe cassée, c'est bientôt fait; car, au besoin, Votre Excellence pourrait encore se passer de ses bras; mais sans le secours de ses jambes, comment irait-on dans le monde? Cependant, puisque un accident devait vous arriver, il vaut encore mieux qu'il soit arrivé ici. On ne doit pas se faire son éloge soi-même; mais ma maison est bonne, et tout ce dont les voyageurs ont besoin s'y trouve à souhait.

MICHEL.

C'est ce que nous venons d'éprouver avec votre vin.

BAPTISTE.

J'ai vivement réprimandé mon domestique de ce qu'il avait apporté un mauvais vin à un aussi grand seigneur que Votre Grace. Il faut toujours savoir faire une distinction. Nous sommes tous hommes, il est vrai, mais tous placés à des degrés bien différents.

MICHEL.

Aucun homme n'aime à s'insinuer du cuivre dans le corps.

BAPTISTE.

Ce n'est pas du cuivre, Excellence, mais seulement un peu d'absinthe; c'est une chose très saine et bonne pour l'estomac; mais il va sans dire que Votre Seigneurie doit avoir quelque chose de meilleur.

MICHEL.

Je ne suis ni une excellence ni une seigneurie; mais cela n'est pas nécessaire pour boire de bon vin.

BAPTISTE.

Oserai-je demander le nom de monsieur?

MICHEL.

On m'appelle maître Michel de Florence.

BAPTISTE, *à part.*

Comment? Michel de Florence! et une telle voiture! des chevaux! des domestiques!... Bah! je parierais que c'est un grand seigneur; on le voit rien qu'à sa fierté... Mais paix; il faut s'accommoder à l'humeur des gens. (*à haute voix.*) Ainsi donc... maître... Michel de Florence... que doit-on servir à dîner?

MICHEL.

Vous moquez-vous de moi?

BAPTISTE.

Dieu m'en garde! Eh! eh!... c'est seulement à cause du nom.

MICHEL.

Diable! Qu'avez-vous contre ce nom? Un duc ne rougit pas de porter le sien.

BAPTISTE.

Sans doute, sans doute. Les noms ne sont rien autre chose que des mots qui s'envolent en l'air. Par exemple, je m'appelle Baptiste: cela ne veut pas dire que je sois baptisé, car c'est déjà une affaire convenue

MICHEL.

Et que pensez-vous que signifie mon nom?

BAPTISTE.

Il y a quelque chose là-dessous.

MICHEL.

Ainsi vous me connaissez?

BAPTISTE.

Oui, à vos attributs, mon cher Monsieur.

MICHEL.

Avez-vous vu quelques-uns de mes ouvrages, de mes attributs, comme vous les nommez?

BAPTISTE.

Bah! attributs, chevaux... c'est tout un.

MICHEL, *impatient.*

Savez-vous que je suis Buonaroti?

BAPTISTE.

Est-il possible! Michel... Michel... Buonaroti! Oui, par Dieu! ces deux mots vont ensemble; il n'y a qu'à y joindre Ange, et nous avons le grand homme. Oh! quel bonheur! Ma pauvre maison renferme entre ses murailles le célèbre artiste!

MICHEL.

Il pourrait bien se faire, mon ami, que je demeurasse dehors.

BAPTISTE.

Oh! quelle joie est la mienne! Tenez, mon noble Seigneur, buvez, mangez, dormez, faites tout ce qu'il vous plaira dans ma maison, je ne veux pas recevoir de vous un seul denier.

MICHEL.

Comment cela?

BAPTISTE.

Comment cela? Croyez-vous que l'aubergiste qui reçut, sans rien lui demander, Raphaël, et auquel Raphaël donna un tableau pour récompense, croyez-vous que cet aubergiste soit le seul de notre état qui porte l'amour de l'art au fond de son cœur? Non, ma foi, non! Et comme, d'après mon opinion, vous êtes trois fois au-dessus de Raphaël, ainsi mon admiration et mon amour doivent être trois fois plus grands.

MICHEL.

Et comme par conséquent ma reconnaissance doit être trois fois plus profonde, je dois vous peindre trois tableaux dans votre salle.

BAPTISTE.

Dieu me garde d'une telle idée! Le moindre petit morceau de marbre que vous tailleriez à peine servirait de talisman pour attirer tout le monde autour de moi.

MICHEL.

Je regrette de n'avoir pas le temps; sans cela je vous ferais une statue de grandeur naturelle, *l'Égoïsme*, car j'ai le modèle sous les yeux. (*apercevant Antonio qui peint.*) Mais je ne me trompe point. Par Bacchus! c'est vrai; j'aperçois là un peintre occupé de son travail. Qu'avez-vous besoin de moi si vous possédez dans votre village même de beaux-esprits, des artistes, qui se mettent bravement à l'œuvre?

BAPTISTE, *à part.*

Il ne me fera rien, je le vois. Mais il faut que sa présence me serve à quelque chose.

MICHEL.

Qui donc est cet homme?

BAPTISTE.

C'est mon meilleur, mon plus fidèle ami.

MICHEL.

Une bonne recommandation!... (*à part.*) S'il s'élève aussi haut dans l'art que dans l'amitié, il doit toucher à l'idéal.

BAPTISTE, *à part.*

Cela va bien. (*haut.*) Il faut que vous appreniez à le connaître. C'est un génie original, qui ne se forme ni d'après les grands maîtres ni par les études. Non, tout lui vient directement de la nature. Tout passe sans transition de son esprit sur la toile, et c'est ainsi, dit-il, que l'on doit faire; car les principes de l'art ne servent qu'à perdre l'art. Tel que vous le voyez là, il n'en a pas l'air; mais je vous jure qu'il se croit plus grand que Raphaël.

MICHEL.

C'est la véritable grandeur.

BAPTISTE.

Du reste, c'est un bon et honnête homme, seulement il ne souffre pas qu'on lui parle des artistes de la ville; il pense qu'il y a là beaucoup de crin et peu de laine.

MICHEL.

Il a raison; les brebis et la laine viennent au mieux là où l'on trouve beaucoup d'herbe.

BAPTISTE.

Son petit garçon a déjà un génie remarquable. Vous pouvez voir les dessins qu'il a faits sur la muraille. Il est vrai de dire que le père lui a un peu aidé, et je voudrais que vous eussiez vu sa joie quand il vint à remarquer les dispositions de l'enfant.

MICHEL.

J'ai envie de connaître ce grand peintre. Si la pomme est déjà d'une telle sorte, que sera-ce de l'arbre?

BAPTISTE.

Voulez-vous que je vous annonce auprès de lui?

MICHEL.

Oui, comme un frère en peinture.

BAPTISTE.

Je préfère vous donner un nom étranger.

MICHEL.

Bien; allez, causez avec lui tant que vous le voudrez. Je veux vider en paix ma bouteille.

BAPTISTE, *allant près d'Antonio.*

Eh bien! mon cher Antonio, êtes-vous content de votre dîner aujourd'hui?

ANTONIO.

Vous me faites honte, mon bon voisin; vous avez agi avec tant de générosité envers moi... et je vous ai pourtant... Mais pardonnez-moi; on n'est pas toujours maître d'un mouvement d'humeur, vous le savez.

BAPTISTE.

Ah! mon Dieu! j'ai plus de tort que vous. Certainement qu'on ne peut pas toujours se contraindre... Mais quand le cœur est bon...

(*Il lui présente la main.*)

ANTONIO, *la serrant.*

Oui, oui, vous avez raison.

BAPTISTE.

Nous sommes déjà de vieux voisins et de bons amis, ou, si nous avons cessé de l'être, nous pouvons le redevenir.

ANTONIO.

Mon cher Baptiste!

BAPTISTE.

Comment va le tableau?

ANTONIO.

Il est fini et déjà presque sec. C'est dommage que je ne puisse pas encore aujourd'hui aller à Parme; cela vaudrait bien mieux.

BAPTISTE.

Non, non; allez toujours. S'il est bien enveloppé, il ne risque rien. Et il faut savoir dans le monde s'accommoder aux caprices des grands. Octavio désire posséder ce tableau aujourd'hui même. Battez le fer tandis qu'il est chaud.

ANTONIO.

Oui, je suivrai votre conseil. Aussi bien le seigneur Octavio ne peut pas être plus empressé d'avoir mon ouvrage que moi d'avoir de l'argent.

BAPTISTE.

Vous voyez. Partez donc cet après-midi; vous pouvez encore revenir ce soir.

ANTONIO.

Il faut que je coure presque tout le long du chemin.

BAPTISTE.

La route est bonne par ces beaux jours d'été.

ANTONIO.

Et si je rentre le soir dans la forêt, il y a des brigands.

BAPTISTE.

Ah! non pas. Tâchez donc d'être plus raisonnable.

ANTONIO.

Il faut aussi qu'à Parme j'achète des couleurs.

BAPTISTE.

Gardez votre argent; vos couleurs vous coûtent presque autant qu'elles vous rapportent.

ANTONIO.

J'ai besoin de pourpre et d'outre-mer. Comment pourrais-je peindre sans couleur?

BAPTISTE.

Faites comme les autres.

ANTONIO.

Ah! celui-là n'est pas un véritable peintre qui n'aime point les couleurs et qui peut se passer du brillant effet qu'elles produisent.

BAPTISTE.

Sans doute, vous entendez cela de la meilleure manière. Mais parlons d'autre chose. Voyez-vous cet homme qui est là-bas assis?

ANTONIO.

Oui, oui; il a l'air ferme et hardi. Qui est-il?

BAPTISTE.

C'est un ouvrier qui voyage; un teinturier, je crois; il a amassé quelque argent et s'amuse à prendre des airs de fierté; il raisonne de tout, et il n'est content de rien.

ANTONIO.

Ah! mille diables!

BAPTISTE.

Oui; par exemple, il n'a pas pu boire de mon vin qui vous plaît tant, vous savez, mon bon florentin; il a fallu que je lui en fisse donner de l'autre.

ANTONIO.

C'est que les gens riches ont le palais délicat.

BAPTISTE.

Il m'a singulièrement offensé avec toutes ses impertinences.

ANTONIO.

Fi donc!

BAPTISTE.

Je veux me venger.

ANTONIO.

Non, laissez cela.

BAPTISTE.

Eh bien! ma vengeance ne sera pas cruelle. La meilleure que l'on puisse exercer envers un sot, c'est de l'inquiéter avec esprit.

ANTONIO.

Vous avez raison.

BAPTISTE.

Moi je n'ai pas la répartie fine, mais vous...

ANTONIO.

Ah! mon Dieu! la tranquillité peut quelquefois me mettre de bonne humeur; mais pour spirituel, je ne le suis pas.

BAPTISTE.

Le voici qui vient voir votre tableau. Faites-moi le plaisir, maître, si effectivement vous croyez m'avoir quelque obligation, d'être pour lui un peu... Enfin vous comprendrez mieux ce qu'il faut faire que je ne puis vous le dire, et vous verrez qu'il vous donnera lui-même le ton.

ANTONIO.

Soit; comme on entend crier on donne la réponse.

MICHEL.

Ose-t-on venir voir monsieur à la besogne?

ANTONIO.

Voyez, voyez. A la vérité je joue un solo; mais j'espère que vous ne me trahirez pas.

MICHEL.

Vous ne craignez donc pas de devenir bête?

ANTONIO.

Pas du tout; monsieur n'a qu'à s'approcher.

MICHEL *regarde le tableau avec surprise.*

Ah! quel effet de couleurs!

ANTONIO.

N'est-ce pas? La dame est assez bien habillée. C'est aussi la dame de mon cœur.

MICHEL.

Mon cher monsieur, vous avez un très beau coloris.

ANTONIO.

Qu'en dites-vous, je pourrais aussi être teinturier?

MICHEL.

Qu'entendez-vous par-là? Écoutez. Je vous parle sérieusement; votre coloris est bon.

ANTONIO.

Malheureusement, mon cher monsieur, je suis très pâle.

MICHEL.

Vous avez du talent.

ANTONIO.

Est-il possible?

MICHEL, *se contraignant.*

Oui... du talent.

ANTONIO.

Allons, je le crois, puisque vous me le répétez.

MICHEL, *emporté.*

Cependant vous ne savez pas dessiner, et vous êtes un barbouilleur.

ANTONIO, *devenant sérieux.*

Comment l'entendez-vous?

MICHEL.

Qui donc, par exemple, vous a appris à courber de la sorte ces doigts mignons?

ANTONIO, *regardant Michel, puis le tableau.*

Vous pensez...

MICHEL.

Et voyez quel sourire de miel! Le tableau est très joli. C'est dommage seulement que dans vos raccourcis vous soyez trop court.

ANTONIO.

Mais, monsieur...

MICHEL.

Croyez-vous sérieusement pouvoir dessiner un bras ou une jambe?

ANTONIO, *consterné.*

Qui êtes-vous?

MICHEL, *prend un pinceau.*

Voyez, monsieur, qu'en pensez-vous? si le bras était de tout cela plus long?... Si la jambe gauche de l'enfant venait se joindre de cette manière au pied?... Tandis que vous n'avez rien fait qu'un bout de saucisse qui pend avec beaucoup de grace.

ANTONIO.

Vous pensez? Mon Dieu! je crois que vous avez raison. Qui êtes-vous?

MICHEL.

Quelqu'un qui s'y entend et auquel on témoigne plus de considération quand on est autre chose qu'un barbouilleur.

ANTONIO.

Qui êtes-vous? Je vous en conjure, au nom du Ciel! qui?

MICHEL.

Votre serviteur.

(*Il veut s'éloigner; Antonio lui saisit la main, et regarde l'anneau de Michel.*)

ANTONIO.

Vous êtes... Dieu!... la *Vendange des dryades!* Je connais cet anneau par la description qu'on m'en a faite. Vous êtes Buonarotti

MICHEL.

C'est possible.

(*Il veut partir.*)

ANTONIO.

Oh! attendez, attendez un moment! Pardonnez-moi si par mon étourderie, ma présomption et par la méchanceté j'ai été assez malheureux... (*Il reprend son tableau.*) Regardez ce tableau encore une fois. Dites-moi... non... vous ne le direz pas. O grand maître! suis-je un barbouilleur? le croyez-vous réellement?

MICHEL, *avec un air de mépris.*

Allez, vous êtes un faible, un misérable homme. D'abord plein de vanité, gonflé d'un stupide orgueil, et puis après humble comme un valet et pleurant comme un enfant. Allez, vous n'entrerez jamais dans le sanctuaire de l'art. Que l'éclat des couleurs reluise sous vos yeux! Jamais, avec vos faibles émotions, vous n'en viendrez à la véritable grandeur. (*Il s'en va, Baptiste le suit.*)

ANTONIO, *seul.*

Est-ce un rêve? Ai-je vraiment vu Buonaroti, le grand artiste? Et m'a-t-il dit cette dure parole? C'est un vertige, je l'espère. (*Il s'asseoit, pose ses mains sur son visage, puis se relève.*) Oui, je sens comme un vertige; mais je suis éveillé. Un mot terrible a retenti à mon oreille. Je ne suis pas artiste! En vérité, en vérité, non, je ne l'aurais pas cru, si Buonaroti ne me l'avait dit lui-même. (*Il reste debout, abîmé dans ses réflexions.*) Il y avait des nuages colorés devant mes yeux. Je croyais voir des figures humaines, et je prenais le pinceau pour les copier; mais ce que je faisais n'était encore qu'un nuage, une misérable œuvre, sans esprit, sans portée, sans jugement et sans proportion. (*avec tristesse.*) Je ne l'aurais jamais imaginé. J'ai toujours entrepris mon travail avec un cœur pur et un sentiment profond. Quand je me plaçais devant mon tableau, je croyais m'agenouiller devant l'autel du Dieu tout-puissant, et voir sa grandeur suprême se dévoiler à mes yeux. Comme je me suis trompé!... Oh! oui, je me suis bien trompé. (*Pause.*) Une fois, je n'étais encore qu'un enfant, j'allai avec mon père à Florence; il avait quelque chose à acheter sur la place, et pendant ce temps je courus à l'église Saint-Laurent. Là je vis ces immortelles statues de Michel-Ange, *la Nuit*, *le Jour*, *le Crépuscule* et *l'Aurore*, en marbre blanc. Il me fallut les quitter presque aussitôt; mais elles me firent une profonde impression. Tout me semblait alors si grand et si beau! si mort et si triste! Je fus heureux de me retrouver en plein air et au milieu des fleurs. A présent je me revois encore devant le tombeau que ces statues décorent, et je regarde avec effroi *le Crépuscule* et *la Nuit*... Eh bien! je ne peindrai plus. Dieu sait que je ne l'ai jamais fait par vanité. Je peignais comme les abeilles construisent leur cellule et les oiseaux leur nid. C'était une erreur... Il faut que Michel-Ange me répète encore le mot qu'il m'a dit, non pas avec passion, avec colère; mais calme, comme sa statue du *Jour* au tombeau de Saint-Laurent. Il faut qu'il me redise ce mot, et alors, adieu!... mon bel art! alors je redeviens ce que j'étais, un pauvre homme bien tranquille. Non, non, je ne veux plus m'attrister; je ne me livrerai plus au désespoir; j'ai encore une conscience paisible. Si je ne suis pas artiste, j'ai encore l'ame noble, et quand le grand Michel-Ange me dirait le contraire, une voix intérieure, qui vient de Dieu, serait là pour le démentir.

MARIE *vient.*

Qu'as-tu, mon Antonio? Tu es triste; tu ne travailles pas. Il est rare de te voir seul sans être occupé de tes tableaux.

ANTONIO.

Marie! ma bonne femme! La peinture est finie.

MARIE.

Tu as tout achevé?

ANTONIO, *lui prenant la main avec tristesse.*

Oui, mon enfant.

MARIE.

Mais qu'as-tu donc? Mon Dieu! tu pleures, Antonio?

ANTONIO, *s'essuyant les yeux.*

Non; regarde, Marie.

MARIE.

Mon bon Antonio, quelque chose t'attriste; dis-moi ce que c'est.

ANTONIO.

Ne t'afflige pas. J'ai réfléchi à mainte chose, à la manière dont se passe notre vie. Et, vois-tu, le genre d'industrie que j'ai adopté ne nous rend pas heureux. J'ai pris la résolution d'en choisir un autre.

MARIE.

Je ne comprends pas.

ANTONIO.

Il y a sept ans, lorsque je te demandai pour fiancée à ton vieux père, tu te souviens de ce qu'il me dit: « Laisse là les pinceaux, Antonio; celui qui vit toujours en rêve avec l'art ne vaut rien pour la vie du monde. L'artiste doit être un mauvais mari; sa muse est plus à ses yeux que sa femme, et ses enfants passent après les productions de son esprit. »

MARIE.

C'était un noble cœur, un brave homme, qui a vécu en paix; mais la nature lui avait refusé le dernier développement. Laissons cela.

ANTONIO.

« Deviens potier comme moi, ajoutait-il. Ne t'amuse pas à peindre sur l'argile, mais vends-la, et tu pourras vivre libre de tout souci avec ta femme et tes enfants. »

MARIE.

Il ne voyait pas que ce que j'aimais en toi, c'était ton esprit et ta belle ame, et que ton art me rendait heureuse, parce qu'il formait une partie de mon amour

ANTONIO.

Mon enfant, on croit à beaucoup de choses qui ne sont pas. Je n'ai pu te rendre heureuse.

MARIE.

Antonio, veux-tu donc à présent me faire de la peine?

ANTONIO *l'embrasse.*

Tu es un ange. Mais non, je ne t'ai pas rendue heureuse. Je ne t'ai pas consacré toute mon ame; je l'ai déjà abandonnée à mes rêves. Ce que je gagnais je l'ai employé en couleurs ou je l'ai dissipé. Quelquefois nous vivions dans l'abondance, et d'autres fois le nécessaire nous manquait. J'ai assez tourmenté ton pauvre cœur. Eh bien! soit; c'est assez. Nous ne voulons plus tenter l'impossible, nous ne voulons plus rêver. Je reprends ma place, je rentre dans l'obscurité, et si je ne puis pas être un grand artiste, je veux être du moins un bon époux et un bon père.

MARIE.

Toi, tu ne serais pas artiste! L'art aurait donc cessé de fleurir sur cette terre?

ANTONIO.

Ma chère Marie, tu m'aimes.

MARIE.

Oui, parce que je te connais.

ANTONIO *la prend par la main et la conduit devant son tableau.*

Je te vois là sourire si douce et si innocente! Mais regarde comme ce sourire de miel ressemble à une grimace!

MARIE.

Antonio!

ANTONIO.

J'en vois les défauts à présent. Ah! pourquoi n'ai-je pas eu un véritable ami qui me les fît remarquer plus tôt? Car je me sens le pouvoir de les corriger.

MARIE.

Mon Dieu! qu'est-il donc arrivé?

ANTONIO, *regardant son tableau.*

Il me semble cependant que tout n'est pas à dédaigner dans cette peinture. Ce n'est pas seulement la légèreté du coup de pinceau, le jeu des ombres et de la lumière, l'éclat du coloris; mais il y a encore quelque chose de beau et d'élevé.

MARIE.

Dis-moi ce que tu as, Antonio; dis-le-moi.

ANTONIO, *plus tranquille.*

Il faut qu'il me le répète encore une fois. Deux fois déjà cette parole a tonné à mon oreille; mais je dois l'entendre une troisième; alors je deviendrai potier.

MARIE.

Qui as-tu vu?

ANTONIO.

Michel Buonaroti.

MARIE.

Et il t'a dit?...

ANTONIO.

Paix! cher enfant. Nous attendrons une troisième sentence. Je ne puis pourtant pas renoncer sitôt à cette sphère élevée... Une fois, une fois encore!... et puis je deviens potier!

ACTE TROISIÈME.

ANTONIO, *seul, près de son tableau.*

Maintenant il ne manque plus que le vernis. Mais le voile qui enveloppe ce tableau est trop transparent. Si je pouvais seulement le dérober aux yeux du monde! Pourquoi donc le besoin m'oblige-t-il de le vendre? N'est-ce pas une trahison de recevoir une si grande somme pour un si mauvais ouvrage? Cependant c'est celui qui l'a vu qui m'en a offert cette somme, et je lui ai même dit que c'était trop. (*Il prend le pinceau.*) Je veux encore peindre ici une hyacinthe dans le gazon; c'est la fleur que l'on jette sur le tombeau des jeunes filles. Hélas! mon espérance était belle comme une jeune fille, et elle est morte. Eh bien! je veux lui consacrer cette fleur; et alors... alors... comment vivrai-je si je ne peins plus? La peinture m'était nécessaire autant que l'air que je respire. Mais non... je travaillerai comme ouvrier toute la semaine pour ma femme et mon enfant, et le dimanche après midi m'appartiendra. Alors la riante Iris, avec ses couleurs diaphanes, reviendra me visiter; et ma joie sera de dessiner, de peindre, de composer. C'est pourtant une joie assez innocente. Je suspendrai mes petits tableaux dans ma chaumière, pour en décorer les murailles; Marie les aime et mon enfant aussi. Puis, quand je serai mort, si un pèlerin s'égare de ce côté et voit ces ouvrages, il se sentira ému peut-être, car tous les hommes ne sont pas aussi durs que ce Michel-Ange; et ce pèlerin dira peut-être: « Celui qui a peint ces tableaux avait du moins une bonne volonté et nourrissait un grand amour pour l'art. »

JULES-ROMAIN *s'approche et regarde de loin Antonio sans en être vu.*

Voilà le fils des dieux. Il travaille déjà à quelque nouvelle œuvre, pour étonner encore le monde. Oh! combien j'ai envie de le connaître! Mais patience! Je veux jouir tout à l'aise et lentement de ma joie. Suis-je bien éveillé? Comment, Jules, il faut que tu arrives auprès du Corrège pour retrouver un Raphaël? Oh! c'est étrange, bien étrange. Nous fondons des écoles dans les villes; les princes encouragent notre travail et nos efforts; la jeunesse s'exerce de bonne heure et se forme d'après de savants maîtres. Puis l'occasion arrive de faire voir ce que l'on sait... Et que sommes-nous? Des écoliers! des écoliers! Que si l'on veut découvrir le génie, il ne se forme point dans ces établissements; c'est une chaleur surnaturelle qui le développe merveilleusement; c'est un fruit qui s'élève dans les forêts, jeté là par la main du sort et mûri par une espèce de miracle. Et tandis que nous en sommes encore à nous pétrifier dans la contemplation de notre modèle, tout en croyant toucher au but, voici tout d'un coup apparaître le génie, et nous le regardons étonnés. Oh! c'est admirable de voir comme il arrive souvent qu'un Nazareth enfante une chose divine, et que l'ange qui doit réjouir le monde trouve son berceau dans une crèche. (*Il s'approche d'Antonio et regarde ce qu'il a fait.*)

ANTONIO.

Reste donc là, jolie hyacinthe bleue; ta couleur pâle me rappelle la mort.

JULES.

L'expression de son regard est comme celle de ses tableaux, douce, attrayante et pleine de sentiment; seulement la tristesse empreinte sur ses traits ne se retrouve pas dans l'exercice de son art, et le brillant coloris que nous admirons dans ses ouvrages ne se montre pas sur sa figure.

ANTONIO.

Voilà encore un voyageur étranger.

(*Tous deux se saluent.*)

JULES.

Mon cher monsieur, pardonnez-moi si je

vous dérange; mais il m'était impossible de quitter ce lieu sans connaître le célèbre artiste qu'il renferme.

ANTONIO.

Alors vous connaîtrez un homme bien triste.

JULES.

Est-il possible! Ce que vous faites ne servirait-il qu'au bonheur des autres, et pas au vôtre?

ANTONIO.

Mon bon monsieur, vous me parlez avec tant de bienveillance; vous ne songez pas à vous moquer de moi; mais vous me faites de la peine sans le vouloir. (*portant la main sur sa poitrine.*) Si vous saviez quel sombre abîme il y a là-dedans! Pas une étoile n'éclaire la nuit qui m'environne.

JULES, *avec enthousiasme.*

Dans votre *Nuit* il y a une gloire qui ceindra un jour votre tête de la couronne de l'immortalité. Comment vous appelez-vous?

ANTONIO.

Antonio Allegri.

JULES.

Antonio Allegri de Corrège! Comment ce nom peut-il m'être inconnu? Il sera bientôt dans toutes les bouches. J'ai vu votre *Nuit*, Antonio, là dans l'église. Ce que vous vouliez représenter, vous l'avez représenté, une œuvre miraculeuse. La lumière s'efforce de pénétrer à travers les ténèbres de la vie terrestre, et réjouit les bergers. Et moi je suis un de ces bergers. Je reste étonné devant vous, ne comprenant pas le miracle que je regarde, et, la main sur les yeux, m'arrêtant encore pour me demander si tout cela n'est point une illusion.

ANTONIO.

Oui, monsieur, c'est une illusion. Vous êtes un noble cœur; vous aimez l'art; mais, permettez-moi de vous le dire, je crois que vous ne le connaissez pas mieux que moi.

JULES.

Maître Antonio, je ne vous comprends pas.

ANTONIO.

Et moi-même je ne me suis bien longtemps pas compris.

JULES.

Tout ce que vous me faites voir est pour moi quelque chose d'inexplicable. Comment avez-vous pu devenir peintre de vous-même? Comment le monde vous connaît-il encore si peu? Comment, enfin, savez-vous si peu ce que vous valez?

ANTONIO.

Mais, dites-moi, que pensez-vous de ce tableau, par exemple?

JULES.

Les mots peuvent-ils exprimer mon sentiment? Si je dis que cela est beau, ce n'est rien dire encore. Autrefois la madone de Raphaël me semblait être la première, la seule véritable image de la mère de Dieu. Je ne pouvais me la représenter autrement; et voici que je la vois toute différente! toute différente; et pourtant c'est encore Marie, Marie la sainte femme, la douce mère plutôt que la reine du ciel. Raphaël a élevé le terrestre au céleste, et vous, Antonio, vous avez fait descendre d'en-haut une empreinte céleste pour en revêtir un corps terrestre.

ANTONIO *le regarde avec surprise et un instant avec joie, puis reporte tristement ses yeux sur son tableau.*

Ne voyez-vous donc là aucune faute?

JULES.

Que parlez-vous de fautes? A une œuvre si grande il ne manque rien. Qui voudrait donc dans ce luxe de beautés se plaindre que tout ne se trouve pas là?

ANTONIO.

Et qu'est-ce qui ne s'y trouve pas?

JULES.

Tout ce qu'il faut pour un chef-d'œuvre est là: une inspiration divine, un sentiment profond, exprimés avec chaleur et amour; tout est là. Que voulez-vous de plus?

ANTONIO.

Vous avez assez loué cet ouvrage. Dites-m'en donc les défauts.

JULES.

Votre esprit n'a pas pu se tromper; mais là où l'art s'égarait, vous avez su donner à la faute que vous commettiez un charme qui appartient spécialement à ce tableau; et voilà encore un point sur lequel vous vous rapprochez de Raphaël.

ANTONIO.

Mais, je vous en prie, dites-moi où donc l'art s'est-il égaré? Vous ne savez pas combien vous me rendrez heureux en me l'indiquant.

JULES, *avec modestie.*

Eh bien! je crois que le dessinateur trouverait çà et là quelque chose à critiquer.

ANTONIO.

Par exemple?

JULES.

Le raccourci de ce bras pourrait bien ne pas être tout-à-fait juste. La jambe de l'enfant me semble être aussi un peu trop rouge et le contour manquer d'exactitude. Vous aimez les formes douces et arrondies; de là vient que vous cherchez à éviter les lignes droites.

ANTONIO.

Encore un mot, monsieur, encore un mot, et je respire. Comment trouvez-vous le sourire de la madone et celui de l'enfant?

JULES.

Singulier, singulier, mais beau.

ANTONIO.

Non pas grimaçant, forcé, mielleux?

JULES.

C'est ainsi que je me représente le sourire d'un ange.

ANTONIO.

Ah! mon Dieu! et moi aussi.

JULES, *en riant.*

Et vous êtes triste parce que vous l'avez bien exprimé?

ANTONIO.

Je suis triste parce que je suis tombé dans une si grande erreur.

JULES.

Vous voilà revenu à vos énigmes.

ANTONIO.

Monsieur, vous m'avez parlé un langage qui me va droit au cœur, et c'est une consolation pour moi que de voir qu'il y a encore dans le monde des hommes sages et généreux qui peuvent se tromper comme je l'ai fait. Mais ce qui m'étonne le plus, c'est le jugement vrai que vous portez sur les défauts de mon ouvrage. Vous avez raison, et vous me parlez avec une grande bonté; tout ce que j'ai entendu de vous me causerait une vive joie, si je ne savais trop bien, hélas! et je ne le sais que depuis peu, que mon travail est sans valeur.

JULES, *étonné.*

Qui vous l'a dit?

ANTONIO.

Le plus grand artiste de notre époque et peut-être de tous les temps.

JULES.

Michel-Ange?

ANTONIO.

Oui.

JULES.

Je le reconnais bien là. La roue brisée de son char lui tourne encore dans la tête.

ANTONIO.

Par ignorance et par étourderie je l'ai offensé. Cet homme qui demeure là-bas, et qui prend tous les moyens possibles de me tourmenter, vint auprès de moi et me dit que l'étranger assis à l'une de ses tables était un teinturier, un sot personnage qui parlait de tout sans rien savoir; et après cela je ne reçus pas Michel-Ange avec le respect qui lui est dû. Il me parla d'une manière assez brusque, et je lui répondis d'un air moqueur et dédaigneux. Alors il se fâcha, et me traita de barbouilleur et d'homme vil; puis il me dit que l'éclat des couleurs scintillait à mes yeux, et que je n'arriverais jamais à l'art dans sa véritable grandeur et sa beauté.

JULES, *avec feu.*

Il a raison; vous n'y arriverez pas, car vous y êtes déjà, car déjà vous vous élevez au-dessus de la chapelle Sixtine.

ANTONIO, *faisant un mouvement de la main, comme pour se défendre.*

Oh! monsieur!

JULES.

Vous croyez peut-être que je raisonne sur ce sujet comme un aveugle pourrait le faire; vous vous trompez. Je ne suis ni un Ange, ni un Michel, il est vrai; je suis un homme, un Romain. Je ne m'appelle pas César, mais Jules. On m'a enseigné aussi ce que c'est que de peindre. Raphaël fut mon maître; son génie repose encore sur moi, et je puis parler de peinture.

ANTONIO, *joignant les mains.*

O ciel! Vous êtes Jules-Romain?

JULES.

Oui, je le suis.

ANTONIO.

Vous êtes Jules-Romain, le grand peintre, l'élève favori de Raphaël?

JULES.

Oui.

ANTONIO.

Et vous dites que je ne suis pas un barbouilleur?

JULES.

Je vous dis que depuis la mort de Raphaël il n'y a pas eu en Italie de plus grand peintre que vous, Antonio Allegri de Corrège.

ANTONIO, *s'assoit.*

Permettez, monsieur. La tête me tourne. Je n'ai jamais éprouvé une telle émotion, et je ne conçois pas comment je l'éprouve. Toute ma vie s'est passée dans l'ombre, comme un sourire ignoré. Je ne croyais pas être un grand homme; mais j'aimais à confier mon bonheur aux Muses; je pris mes couleurs et je peignis. Et puis, voici que deux des plus grands maîtres s'approchent de mon humble demeure: l'un me jette dans la poussière, l'autre m'élève aux nues. Que dois-je croire? Suis-je éveillé? ou n'est-ce qu'un rêve?

JULES.

Et si l'autre vous disait la même chose que moi? Alors...

ANTONIO.

Michel-Ange?... Vous croyez?...

JULES.

Il veut toujours faire ce que personne n'imagine... C'est un Titan plutôt qu'un Dieu, et sa grandeur est comme celle de l'ancien monde. La douceur lui manque. L'amour nouveau ne peut l'enthousiasmer; mais l'Éros des anciens le tient en son pouvoir. L'Amour ne peut être pour lui un enfant ailé, mais un jeune homme robuste et doué de la force de reproduction. Je veux lui parler. Soyez tranquille. Je m'entends à vivre avec lui, et le Titan a un cœur d'homme; il met au monde des géans, mais il n'a pas le génie de la destruction: il aime bien mieux ravir, comme Prométhée, la flamme du ciel pour donner la vie à ses ouvrages. Laissez seulement apaiser la tempête qui grondait en lui, et il admirera vos œuvres, mon cher Antonio. Maintenant rentrez chez vous; je le vois venir.

ANTONIO.

Je ne sais ce que je dois croire.

(Il sort.)

MICHEL.

Nous pouvons partir.

JULES.

Malheureusement non, mon ami. Il y a une plus grande roue de brisée, et il faut la remettre en bon état avant que d'aller plus loin.

MICHEL.

Que voulez-vous dire?

JULES.

Ce qui est. Vous souvenez-vous de cette belle roue de moulin que vous avez vue dans le fleuve, construite d'après une nouvelle méthode?

MICHEL.

Oui, c'est une bonne pièce.

JULES.

Maintenant écoutez, et soyez indigné! Un grand seigneur se trouve ennuyé; il arrive auprès de cette roue et veut la voir pour passe-temps; mais voilà que son sang bouillonne, parce que le meunier ne se montre pas assez humble. Il saisit son épée, et frappe sur la roue, et brise tout ce que l'ouvrier a eu tant de peine à construire; puis, cela fait, il monte à cheval et part. La meule cesse de tourner, et le meunier est au désespoir.

MICHEL.

Il faut que nous portions secours à ce meunier. Je vais faire atteler sur-le-champ un cheval et nous irons le trouver. Si seulement je pouvais rencontrer le mauvais drôle qui lui a fait du tort, je me chargerais bien d'abattre sa présomption.

JULES.

Ce serait très beau de votre part.

MICHEL.

A quoi pensez-vous encore?

JULES.

Vous aimez la poésie; vous avez écrit des sonnets; permettez-moi de vous parler en langage figuré; car la vérité toute nue est un peu dure.

MICHEL.

J'aime le nu. Les draperies ne font que voiler la beauté. Ainsi, allez directement au fait, s'il vous plaît.

JULES.

Vous n'avez qu'à poser sur une grande échelle tout ce que je viens de vous dire, et vous avez la vérité. La belle roue de moulin est la nature humaine; la présomption du grand seigneur est l'orgueil de l'artiste, l'épée un mot tranchant, et les coups sur le rouage c'est un poignard enfoncé dans le cœur.

MICHEL, *le comprenant.*

Ah! ah!

JULES.

Vous voyez que nous n'avons pas besoin d'atteler les chevaux; vous pouvez ici réparer le mal et châtier le coupable, qui n'est point encore échappé à votre vengeance.

MICHEL.

Il vous convient bien de me parler de la sorte.

JULES.

Buonaroti! pourquoi m'y forcez-vous? Croyez-vous que j'oublie le respect que je dois à votre génie, à vos chefs-d'œuvre? Mais ce respect même m'oblige à vous tenir le langage que vous venez d'entendre; car je n'estime pas seulement un homme de génie, mais tous ceux qui concourent à nous porter vers un noble but, quels que soient leurs moyens d'action; et je sais bien que cet arbre de vie, appelé en notre langue *génie*, croît plus souvent sur les roches nues que dans les fertiles prairies.

MICHEL.

Vous parlez très bien; vous devriez être rhéteur.

JULES.

Je sais ce que vous entendez par-là; mais je ne me fâche point. Vous pensez que les harangues de l'artiste doivent être, comme celles du héros, composées d'œuvres et de faits; vous avez raison, et je n'ai pas besoin de vous répéter, Michel, combien de fois j'ai reconnu, avec une admiration muette, votre sagesse profonde, votre intelligence divine. Mais l'artiste ne peut pas être seulement artiste, il est homme aussi; et donner à son humanité un beau développement, c'est là encore un art. Vous êtes un grand, un puissant esprit, je le sais; mais ne vous moquez pas de moi quand vous ne me voyez que comme un homme raisonnable et prudent. Les dons de Dieu entrent aussi dans ces qualités. Je ne vous demande pas de longs discours. Votre action seule a dénoué ma langue, et votre action me fera taire.

MICHEL.

Que voulez-vous?

JULES.

Buonaroti! vous avez méprisé un véritable peintre; vous l'avez appelé barbouilleur. Mérite-t-il ce titre?

MICHEL.

Eh! diable! que m'importe qu'il le mérite ou non?

JULES.

Vous ne comprenez donc pas mieux la beauté de l'art?

MICHEL.

Que chacun s'arrange comme il lui convient; c'est ainsi que je fais, et *basta!* je m'inquiète peu de ce que les autres disent de moi. Si ce n'est pas un barbouilleur, tant mieux pour lui; mais c'est un insolent, j'en suis sûr.

JULES.

C'est un homme doux, modeste, aimable. L'aubergiste est son ennemi, et l'a trompé en lui disant que vous étiez un fat, un orgueilleux, un misérable teinturier, se mêlant de tout sans rien savoir; il voulait vous mettre mal avec le pauvre peintre, parce qu'il le hait.

MICHEL.

Est-ce que ce coquin d'aubergiste aurait agi de la sorte?

JULES.

Vous voyez, Antonio est innocent; il ne vous connaissait pas.

MICHEL.

On doit également se montrer poli envers les inconnus.

JULES.

Et vous, avez-vous été poli? (*Michel se tait.*) Encore un mot, et c'est assez, Buonaroti. Ce que nous avons vu tous les deux aujourd'hui, sans que nous eussions pu nous y attendre, doit exciter notre admiration. Vous n'êtes certes pas un vieillard aveugle, qui ne peut comprendre que les gravures sur bois et rien autre chose. L'art est une science chez vous; votre regard le pénètre jusqu'au fond, et vous savez tout aussi bien et même mieux que moi quel grand artiste ce lieu possède. Vous avez vu dans la salle à manger plusieurs de ses tableaux, *Léda* et *Danaë* [1], qui nous prouvent qu'il sait peindre autre chose que des madones. On dit qu'à Parme il a fait dernièrement des fresques pleines de vigueur et de poésie. Allez dans l'église, voyez sa *Nuit*, et si alors vous ne reconnaissez pas clairement son mérite, il ne faut plus compter sur rien.

MICHEL.

Je lui ai dit qu'il avait du talent.

JULES.

Du talent! Pauvre mot! misérable denier que l'on jette à tout mendiant! N'y a-t-il donc dans son tableau rien que du talent?

MICHEL.

J'ai vu dans cet ouvrage de grandes fautes.

JULES.

Oui, il y a des fautes, parce que c'est l'ouvrage d'un homme. Et où donc n'y a-t-il point de défaut? Croyez-vous n'avoir jamais failli? Pensez-vous que le dessin seul fasse le peintre? Le corps, les couleurs et la vie, avec la lumière et l'ombre, voilà la peinture; la beauté, la pensée, l'ensemble harmonieux, voilà le génie. Et ne trouvez-vous pas cela dans le tableau de Corrège?

MICHEL.

Ce n'est pas une œuvre dans le grand style.

JULES.

Qu'appelez-vous grand style? La vérité profonde, le beau, voilà pour moi ce qu'il y a de grand. La taille gigantesque des corps peut aussi avoir quelque chose de grandiose, comme l'esprit l'entend, et vous nous en donnez la preuve. Mais il ne suffit point, pour atteindre ce but, d'élargir son espace et de grossir toutes les proportions. Il y a dans tout ce que vous faites de la force, de la hardiesse et une idée noble et élevée. Mais l'homme est homme et ne sera jamais Dieu. En sa qualité d'homme il lui convient d'avoir un sentiment naïf, une sorte d'humilité enfantine. Et, je vous l'avoue, avec tout ce que votre grandeur des corps peut faire pour m'amener hors de ma belle voie raphaélique, la bonté du cœur est toujours ce que j'aime le plus à retrouver dans l'art, comme dans la vie, et partout où je la rencontre, je crois voir l'ange de la conscience planer devant moi, avec des lys en main, et me montrer la route de ma patrie.

MICHEL, *avec une émotion comprimée.*

Je ne sens pas ainsi.

JULES.

Vous sentez en grand, et les suaves pensées vous reviennent plus de fois que vous ne voulez le croire. La mère de Dieu que vous avez placée dans l'église Saint-Pierre est belle du sentiment de pitié qui l'anime, et dans la chapelle Sixtine votre Adam porte une expression d'humilité profonde et vraiment humaine. Par Dieu! il n'y a rien, il ne s'éveille rien chez l'homme qui ne s'éveille aussi de temps à autre chez vous; mais votre manière d'agir est dure, et la dureté n'est

(1) Ces deux tableaux sont aujourd'hui au Musée de Berlin. *N. du trad.*

qu'une vieille et noble rouille, sous laquelle on peut voir briller un pur métal. Pardonnez-moi si mes paroles vous offensent. Je sens que vous savez mieux que moi tout ce que je vous dis, et je ne vous le dis que pour chasser l'orage qui pèserait long-temps sur notre pauvre peintre. Vous seul lui avez enlevé son repos et sa confiance en lui-même; vous seul pouvez les lui rendre.

MICHEL.

Hem!

BAPTISTE, *arrivant.*

Messieurs! la voiture est prête. Désirez-vous que l'on attelle?

MICHEL.

Mon ami Jules, voulez-vous bien prendre soin de nos préparatifs? J'ai quelques mots à dire à cet honnête homme.

JULES.

Bon!

(*Il sort.*)

MICHEL.

Qu'avez-vous dit de moi au peintre? Hem?

BAPTISTE.

Mon excellent monsieur, qu'ai-je donc dit?

MICHEL.

Que j'étais un teinturier, et un grossier et ridicule personnage.

BAPTISTE.

Que la justice éternelle me punisse, si...

MICHEL.

Tais-toi! La justice éternelle ne s'inquiète pas de mauvais drôles comme toi! Songe seulement à la justice de ce monde. Quand on est mûr pour la potence, on est pendu.

BAPTISTE.

Monsieur est...

MICHEL.

Un teinturier, et un brutal teinturier. (*Il prend son fouet.*) Pour des couleurs grossières il faut de grossiers pinceaux. Que dirait monsieur Baptiste, si je lui rendais le dos cramoisi?

BAPTISTE.

Que Dieu m'assiste!

MICHEL.

Dieu aurait trop à faire de chasser les vices et la lâcheté qui t'assistent. Je ne veux pas me salir les mains avec toi; mais je crois que le meilleur parti que tu aies à prendre est de t'en aller; car, vois-tu, cette baguette que je tiens à la main pourrait n'être pas douce, et elle a bonne envie de chercher quelque source secrète dans ton dos replet [1].

BAPTISTE.

Très révérend Seigneur, c'est un malentendu.

(*Il s'éloigne.*)

MICHEL.

Oui, cours; cours seulement, mauvais coquin. A présent je conçois pourquoi ce peintre, le pauvre diable!... (*Il s'assied devant le tableau.*) On a besoin de voir cela à loisir. Il n'y a rien à me montrer quand je suis en colère; le sang me monte devant les yeux et les causeries m'irritent. Je veux trouver moi-même le jugement que je dois porter... Ce Jules-Romain! Comme si je ne pouvais pas!... Il l'a pourtant bien senti. (*regardant le tableau avec calme et douceur.*) En vérité! Mais cela est très bien fait. Voilà ce que j'appelle peindre!... Et comme tout est poétique! Les arbres! les fleurs! le paysage!... Et quels beaux vêtements! La femme est pleine de grace; Jean est fort joli, et le petit Jésus est un délicieux enfant!... Par Bacchus, voilà de la couleur!... (*Pause.*) Et moi, lorsque le pape m'obligea de peindre, lorsque je chassai tous ces artistes florentins, comme les marchands du temple, je restai bien six mois devant mon chevalet, et j'étais si en colère contre le pape que j'aurais pu le tuer quand il vint trop tôt visiter mon ouvrage. Non, je le sais, je ne suis pas un peintre; je suis un statuaire. Quant à l'utilité dont la sculpture est à la peinture, je m'y entends. Pour l'invention et le dessin personne n'est mon égal; mais j'ignore l'art de disposer les couleurs, et cet homme le connaît à merveille. (*Jean arrive.*) Petit, écoute. Eh! joli enfant, qui n'as pas peur des étrangers! Viens, mon ami!.. (*Jean s'approche.*) Ne me trompé-je pas? C'est le petit Jean du tableau.

JEAN.

Oui, c'est vrai; mon père m'a peint.

MICHEL.

Tu es le fils d'Antonio?

JEAN.

Et ma mère est là aussi.

MICHEL.

Où?

JEAN.

C'est elle qui est représentée assise dans ce tableau.

MICHEL.

Ah! ah!

JEAN.

Et voici le petit Jésus; mais lui nous ne l'avons pas à la maison.

MICHEL.

Où est-il donc?

JEAN.

Là-haut, dans le ciel.

(1) Allusion à la baguette divinatoire dont on se servait au moyen-âge pour découvrir les sources d'eau ou les trésors cachés. N. du trad.

MICHEL.

Là-haut?

JEAN.

Oui, il est assis sur les nuages avec de petits anges.

MICHEL.

Que font-ils donc?

JEAN.

Ils jouent ensemble.

MICHEL *l'embrasse.*

Mon bon petit enfant, tiens, assieds-toi sur mes genoux.

JEAN.

Oui, je veux trotter sur tes genoux. Tu es mon cheval, et nous allons à Parme.

MICHEL.

Bien; mais il faut que je te tienne, car tu n'as point d'étriers.

JEAN.

On les fera encore chez le forgeron.

MICHEL.

Oui.

JEAN *trotte.*

Da! da! ho! ho! Va toujours; il faut que le cheval marche sans s'arrêter.

MICHEL.

Nous voilà bientôt arrivés à Parme.

JEAN.

Pas encore. Nous sommes à moitié chemin.

MICHEL.

Le cavalier descend, et va dans une auberge pour manger quelque chose.

JEAN.

Pour manger quelque chose? (*Michel cherche dans sa poche.*) Qu'as-tu donc dans ta poche?

MICHEL.

Attends! (*à part.*) J'avais acheté ceci pour les enfants de maître Martin; mais ils peuvent attendre; je trouverai quelque autre chose à Modène. (*prenant un cornet.*) Voyons, veux-tu des amandes grillées?

JEAN.

Oui, j'aime beaucoup les amandes grillées!

MICHEL.

Patience! Peux-tu les manger?

JEAN.

Oh! sans doute.

MICHEL.

Eh bien! mange. (*Jean commence à manger.*) Il faut que tu les manges sur mes genoux.

JEAN.

Non pas; mais à l'auberge, pendant que le cheval repose...

MICHEL.

Et reçoit un peu d'avoine. Ne me donnes-tu donc pas l'avoine?

JEAN.

Tiens, mon petit cheval, en voilà.

(*Il lui met une amande dans la bouche.*)

MICHEL.

Maudit garçon, tu m'appelles cheval! Eh bien! c'est une punition de Dieu! J'ai nommé ton père barbouilleur, et, par les Muses immortelles! il l'est aussi peu que moi je suis cheval.

JEAN.

Voici ma mère.

MICHEL.

C'est ta mère? Une belle femme, et qui ressemble beaucoup à la Vierge du tableau.

(*Il pose l'enfant à terre et se lève.*)

JEAN.

Ma mère! c'est un étranger qui m'a donné des amandes grillées. Vois-tu?

MICHEL.

Madame, je vous prie de m'excuser...

MARIE.

Mon noble Seigneur, c'est moi qui dois vous rendre grace de votre bonté... (*à Jean.*) As-tu remercié?

JEAN.

Je te remercie, monsieur.

MARIE.

Mauvais garçon! comment, tu oses tutoyer les étrangers?

MICHEL.

Ah! je vous en prie, ne gâtez pas avec les manières du monde cette simple et angélique nature.

MARIE.

Vous aimez les enfants?

MICHEL.

Parce qu'ils sont si grands! Est-ce ici que vous demeurez?

MARIE.

Oui, voilà notre petite maison.

MICHEL.

Le peintre Antonio est-il votre mari?

MARIE.

Oui, monsieur.

MICHEL.

S'il porte dans sa vie l'agréable caractère que l'on trouve dans ses tableaux, vous devez être bien heureuse avec lui.

MARIE.

Monsieur, l'art n'est qu'une pâle lueur du soleil caché.

MICHEL.

Vraiment?

MARIE.

Vraiment!

MICHEL.

Vous ne me semblez être ni très calme ni très joyeuse. Un brave homme, une belle femme, un joli enfant, n'est-ce pas là de quoi faire un paradis de sa maison?

MARIE.

Cependant pour être véritablement heureux, il manque encore quelque chose.

MICHEL.

Et quoi donc?

MARIE.

Le bonheur.

MICHEL.

La beauté et le génie, ne sont-ce pas d'assez grands dons de la déesse du bonheur?

MARIE.

Le ver se cache au fond de la fleur, et la ronge. Mon mari a été malade; il est encore faible, et chaque émotion agit violemment sur lui. Il n'y a que quelques heures encore il lui est arrivé un grand chagrin.

MICHEL.

Je sais. Michel-Ange l'a vu et lui a dit...

MARIE.

Il lui a fait beaucoup de peine.

MICHEL.

Michel-Ange a peut-être dit la vérité, qui sait? C'est un homme qui doit s'y entendre.

MARIE.

Et quand un ange du ciel viendrait me dire que mon mari n'est pas peintre, je ne le croirais point.

MICHEL.

Eh! eh! vous êtes bien sûre de votre affaire!

MARIE.

Ce dont je suis le plus sûre, c'est que j'aime de tout mon cœur Antonio, c'est qu'on ne peut me rendre indifférente à ce qu'il fait, et voilà pourquoi j'aime aussi son art de tout mon cœur.

MICHEL.

Et croyez-vous que ce soit assez? Vous aimez cet art sans le connaître, sans l'approfondir.

MARIE.

L'homme peut prendre cette tâche dans toute son étendue; mais il faut qu'il cherche aussi avec nous son refuge dans le sentiment.

MICHEL.

Bravo! madame, vous me plaisez beaucoup. Pardonnez si j'ai voulu vous éprouver un peu. Les femmes doivent penser comme vous. Quant à Michel-Ange, c'est un rude homme, il faut l'avouer, mais une bonne tête aussi, croyez-moi; son langage est souvent comme le bruit que font les Cyclopes quand le feu est trop ardent; mais il sait rester calme, et alors il pense et réfléchit pour long-temps, comme le chameau qui s'abreuve à la source pour traverser le désert. Le volcan est terrible; mais il répand aussi la fécondité, et quand il a fait bien du fracas, les hommes vont bâtir leur demeure dans son voisinage. La moisson croît, porte de bons fruits; l'abîme se couvre de plantes et de fleurs, et tout respire une vie joyeuse.

MARIE.

Je vous crois.

MICHEL.

Les plus petites causes amènent souvent de grands résultats. La montagne enfante quelquefois une souris; mais les souris ont aussi enfanté des montagnes. Ne vous étonnez donc pas que la friponnerie d'un mauvais homme ait mis Antonio mal avec Michel-Ange. Un mot en amène un autre, et il n'y a pas seulement l'amour, mais la colère aussi qui nous met un bandeau devant les yeux.

MARIE.

Monsieur, vous parlez très honnêtement et très sagement.

MICHEL.

Buonaroti m'a envoyé ici. Je suis son ami; et pour preuve qu'il honore Antonio, il lui fait don de cet anneau et le prie de le garder toujours comme un gage d'affection. Ils auront sans doute occasion de se revoir tous les deux. Alors Antonio verra si Buonaroti l'aime réellement, et s'il a fait quelque chose pour son bonheur.

(Il sort.)

ANTONIO, *qui est sorti et s'est tenu à l'écart.*

Marie, ma bonne femme, que dit-il?

MARIE.

L'étranger?

ANTONIO.

Qui? Michel-Ange!

MARIE.

Antonio! Que dis-tu? Est-il possible? C'est lui?

ANTONIO.

Oui, oui, lui-même. Il n'a pas son pareil sur la terre.

MARIE.

O bonheur! Réjouis-toi, Antonio; il caressait notre enfant; il me parlait avec tant de bonté! Il te donne cet anneau; il t'aime et t'honore; il veut travailler à ton bonheur.

ANTONIO.

Marie, est-ce vrai? Jules-Romain avait raison.

MARIE.

Il t'aime et t'honore.

ANTONIO.

Et cet anneau! O ciel! Viens, Marie! Il m'a jeté dans la poussière pour m'élever deux fois plus haut. Puis-je le croire? Oh! viens; je veux le remercier, pleurer, le presser contre ma poitrine, et jouir de mon bonheur.

MARIE.

Oui, à présent il a raison, le grand Buonaroti. A présent une vie toute céleste s'ouvre pour nous.

(Ils vont dans l'auberge.)

BAPTISTE, *qui les a écoutés.*

Et moi je veux vous rendre votre jouissance complète. Le *serpent* appartient au paradis terrestre.

ACTE QUATRIÈME.

Une grande salle à Parme.

OCTAVIO, BAPTISTE, *avec un livre de comptes.*

OCTAVIO.

Je suis content; tout est en ordre.

BAPTISTE.

J'ai reçu une lettre de mon fils; il m'écrit de Florence et arrivera peut-être ce soir.

OCTAVIO.

Bon. Garde bien secret ce que je t'ai dit de Nicolo.

BAPTISTE.

Par Dieu! cela me surprend assez qu'un brigand des Apennins ose entrer au service de Votre Seigneurie pour épier les occasions.

OCTAVIO.

Je le sais. Ce n'est pas la première fois que les vagabonds s'en vont hardiment dans les bois entre Parme et Reggio, et partout où ils peuvent voler. Mais, silence! celui-ci est en cage et les autres y seront aussi bientôt.

BAPTISTE.

Quels hommes il y a pourtant dans le monde!

OCTAVIO.

Assez là-dessus. Parlons de quelque chose qui m'intéresse davantage. Le peintre Antonio vient-il aujourd'hui?

BAPTISTE.

Il est déjà en route et arrivera bientôt.

OCTAVIO.

Oh! si seulement Marie était déjà là!

BAPTISTE.

Vous la verrez tout à l'heure, Excellence. Où l'on sème des pois, les pigeons arrivent. Je pense pourtant à quelque chose; si mon clément Seigneur veut me permettre de le lui dire?...

OCTAVIO.

Que penses-tu?

BAPTISTE.

Votre Excellence est sur le point de se marier. La belle Célestine de Florence viendra ici avec son père Ricordano; et qu'arrivera-t-il?

OCTAVIO.

Sois sans inquiétude! La belle Célestine est céleste, ainsi que son nom. Si, comme chrétien, j'aime de cœur ce qui me rappelle le ciel, comme homme je dois me réjouir aussi avec les choses terrestres. La jeune personne est pour moi semblable à un froid soleil d'hiver; elle est trop fière et trop sage. Qu'elle m'épouse, c'est douteux; mais enfin, si elle s'y décide, c'est par amour pour son père, qui désire voir ce mariage; car elle ne m'aime pas.

BAPTISTE.

Cela viendra, Monseigneur.

OCTAVIO.

Peut-être oui, peut-être non. Je ne mendie pas l'amour. Je respecte Célestine; elle est très belle et très riche. Il n'y a pas un jeune Florentin qui ne regarderait comme le plus grand bonheur de pouvoir l'épouser. Je désire l'avoir pour femme. Je suis flatté d'obtenir ce que tous les autres demandent en vain. Mais la tendresse du cœur a aussi ses droits, et en cela Célestine doit le céder à Marie.

BAPTISTE.

Cependant, Monseigneur, deux femmes dans une maison?

OCTAVIO.

O admirable! Célestine est jeune, enthousiaste, et n'a aucun soupçon; Marie est modeste, douce, tranquille. La seule chose qui me donne à réfléchir, c'est qu'Antonio doit peindre ici. La demoiselle s'y connaît, et peint d'une manière charmante. Moi je ne m'y entends pas beaucoup. J'ai trouvé ces tableaux dans l'héritage de mon oncle Jérôme, et c'est un luxe comme un autre, ni plus ni moins. Antonio se met donc à peindre, et il s'en acquitte très mal. C'est un pauvre artiste, tout-à-fait inconnu; c'est ce qui me fait de la peine; car autrement je pourrais du moins passer pour un connaisseur.

BAPTISTE.

Oui, voilà bien le pis de l'affaire. C'est un misérable artiste; vous pouvez m'en croire sur parole, mon bon Seigneur.

OCTAVIO.

Et qu'entends-tu à l'art, je te demande? Tu es l'ennemi d'Antonio; tais-toi.

BAPTISTE.

Ne la vois-je pas qui vient déjà à travers le jardin?

OCTAVIO.

Vraiment?

BAPTISTE.

Oui, le voilà qui regarde les plantes avec son tableau sur les épaules; il ressemble à un chanteur ambulant. Maintenant il respire le parfum des fleurs. Je pense qu'il n'en cueillera point; car alors c'est moi qui lui parlerais.

OCTAVIO.

Je vais me retirer. Le palais, les salles, les meubles, les domestiques, peuvent lui imposer. De tels hommes se laissent surprendre par le luxe extérieur bien mieux qu'on ne pourrait le croire. Plus tard je reparaîtrai; je veux aujourd'hui même tenter mon entreprise.

BAPTISTE.

Ne vaudrait-il pas mieux attendre une occasion...

OCTAVIO.

Ce que je peux acheter, je ne le vole pas.

(Il sort.)

BAPTISTE, *seul.*

Tu ne le voles pas? Eh bien! c'est moi qui le volerai; car je veux me venger, et cruellement, aussi vrai que je suis un homme de la Calabre. Le fouet de Michel-Ange, bien qu'il ne m'ait pas touché, a pourtant rallumé la haine dans mon cœur, et, avant qu'elle s'éteigne, il faut que mon sang ou celui de mon ennemi coule. (*Il réfléchit.*) Nicolo a déjà été brigand. Bon! J'espère qu'il s'y entend encore.

(Il sort.)

ANTONIO.

M'y voici enfin. Dieu! que je suis las! Le chemin est si long; le soleil est brûlant. Au moins ici il fait frais. Les grands sont pourtant heureux d'habiter ces palais de pierre et de se préserver ainsi des rayons du soleil. L'édifice s'élève librement dans les airs; les larges colonnes répandent de l'ombre; les fontaines coulent dans le vestibule et rafraîchissent les murs. Mon Dieu! Celui qui peut avoir une telle habitation... Mais moi je l'aurai bientôt. Comme l'on monte aisément ces escaliers de marbre, et quel plaisir on goûte à voir dans leurs niches ces bustes antiques! (*Il regarde la salle.*) Ah! que vois-je? Une salle pleine de tableaux. C'est ici la galerie. O sainte Mère de Dieu! je suis dans le temple sans le savoir. Voici vos beaux chefs-d'œuvre, artistes italiens! on les verra long-temps encore suspendus au-dessus des cercueils, comme des armoiries qui indiquent les hauts faits des héros. Dieu tout-puissant! par où dois-je commencer? par les paysages, les animaux, les guerriers ou les madones? Mon œil flotte indécis, comme l'abeille entre les fleurs. Ah! je ne vois rien; je ne sens que la puissance de l'art qui agit invinciblement sur moi. Je voudrais m'agenouiller et pleurer dans ce sanctuaire de mes devanciers... La belle peinture! Mais non, pourtant... tout ne peut pas être ici de la même valeur... Oh! que vois-je? Je n'ai encore jamais rien aperçu de semblable. Une vieille femme est assise dans sa cuisine et nettoie une casserole; un chat repose dans un coin, et un enfant souffle avec un tuyau des bulles de savon. Jamais pourtant je n'aurais pensé que l'on pût peindre de telles choses; et ici tout est si frais et si net que c'est un plaisir. Il faut regarder ce tableau à travers la main arrondie; alors comme on voit bien les rayons du soleil briller sur le vert feuillage et sur la casserole! Mais qui donc a peint cela? Le nom n'est-il pas écrit au-dessous? Voyons. *Flamand inconnu*. Flamand! Quel compatriote est-ce? La Flandre est-elle loin du Milanais?... Ah! voici de plus grands morceaux. Une table avec des fleurs; un demi-verre de vin, des citrons, des chiens, de petits oiseaux. Ah! ah! c'est cependant trop joli... Ici quatre vieillards avares comptent leur argent. Mais, je ne me trompe pas, voici la naissance du Sauveur. Je connais ce tableau; c'est maître Mategno qui l'a peint. Comme ce chemin sur la montagne s'enfuit nettement là, derrière! comme ces trois rois sont beaux devant l'enfant Jésus et la Reine éternelle du ciel!... Voici une autre peinture, assez semblable à celle-là, mais cependant plus naïve. Le bœuf élève son museau au-dessus de la tête de Marie et regarde curieusement ce qui se passe; le Maure pleure de joie, et le petit enfant prend dans une cassette une quantité de jouets. C'est de... Albert Durer; oui, un Allemand, je sais; au-delà des montagnes il y a aussi des hommes, et l'on y trouve même des peintres... Mais quelle œuvre admirable! le portrait d'une jeune princesse belle et riante. Son regard étincelle; sa petite bouche sourit; son chapeau rouge en velours et ses bracelets la parent si bien! « Léonard de Vinci. » Oui, je le crois, c'est là ce que j'appelle peindre... Voici un roi à peu près dans le même style. Si c'est de Léonard, il l'aura sans doute fait dans sa jeunesse. (*Il lit.*) « De Holbein. » Je ne le connais pas; il est bon peintre pourtant et ressemble à Léonard; moins beau que lui, mais plein de noblesse... Pour vous, mes anciens, que j'aperçois là-haut, je vous connais. Comment t'en va-t-il, mon noble Perugino, avec tes tons verts, et ta symétrie de chaque côté, et ton Saint-Sébastien? Tu es cependant un grand artiste; seulement un peu plus d'invention ne t'aurait point fait de mal... Là trônent nos grands maîtres. Là j'aperçois un magnifique tableau de grandeur naturelle, un beau vieillard : c'est saint Job; bien imaginé, bien exécuté; sans doute de Raphaël? (*Il lit.*) « De Fra Bartholomeo. » Ah! le bon moine! tous tes confrères ne t'imiteront pas facilement, va... Comment aurait-on le temps de voir tous ces objets? Mais voici dans le fond un rideau de soie; il cache sans doute le morceau le plus précieux. Il faut le voir avant que le maître arrive. (*Il tire le rideau et regarde l'ouvrage de Raphaël.*) Sainte Cécile! Elle pose la main sur l'orgue, et des violons et d'autres instruments de musique sont jetés par morceaux à ses pieds. Mais l'orgue se tait sous ses doigts, lorsqu'elle entend venir d'en-haut le chœur des anges; son œil se lève. Oh! qui donc a fait ce tableau? Ce n'est pas être peintre, mais poète. Ici je ne vois pas seulement le grand artiste, mais le grand homme; ici la sublime, la céleste poésie a pris, pour s'exprimer, les couleurs; et c'est là ce que je veux, c'est là que tendent tous mes efforts. (*Octavio entre sans qu'Antonio détourne les yeux sur lui.*) Qui a fait cela?

OCTAVIO.

Raphaël.

ANTONIO, *avec enthousiasme.*

Et moi aussi, je suis peintre!

OCTAVIO.

Mon cher ami, je le sais depuis quelques semaines, et vous devez le savoir depuis des années.

ANTONIO.

Je ne le sais que dès à présent.

OCTAVIO, *à part.*

Le vaniteux fou! Baptiste avait raison. Mais tant mieux. (*haut.*) Mon cher maître, je me réjouis de vous voir cette confiance. Il y a beaucoup d'artistes très différents de vous, qui restaient comme anéantis devant ce tableau, parce qu'au fond du cœur ils sentaient qu'ils n'étaient rien.

ANTONIO.

Oui, je le conçois. Si la pauvreté ne comprend pas tout ce qu'elle a de vide en face de ces richesses, elle ne le comprendra jamais.

OCTAVIO, *à part.*

Cet homme a déjà subi une complète métamorphose. (*haut.*) Et vous, au contraire, vous croyez comprendre ici tout ce que vous avez de force?

ANTONIO.

Oui, monsieur, ici je me sens vivre; ici je me trouve artiste. Je vois les plus profondes pensées de mon ame exprimées comme aux plus belles heures de ma jeunesse je les avais conçues, et comme il m'arriva rarement de pouvoir les exprimer. J'ai la douceur de Raphaël, mais non pas sa force et son élévation. Ma main est plus adroite et plus exercée, mais son génie plus puissant et plus vaste. Je souris, mais Raphaël est sérieux; je suis entraîné, mais Raphaël entraîne. Dieux! quel tableau! Ici je vois ce que je suis; ici est la mesure qui sert à me grandir, car je me sens près du ciel, mais comme un homme doit se sentir auprès d'un ange; et pendant que ma poitrine se gonfle d'enthousiasme, mon front se courbe humblement devant cette grandeur que je n'ai pu atteindre.

OCTAVIO.

Avez-vous apporté votre ouvrage?

ANTONIO, *revenant de son enthousiasme.*

Il est là dans le coin, mon digne Seigneur.

OCTAVIO.

Montrez-le-moi... Très bien, très joli, en vérité. La sainte femme est là pleine de vie; mais, si j'ose vous parler franchement, les habits lui font tort. Pourquoi ne l'avez-vous pas représentée telle qu'elle est réellement? Par Dieu! Marie n'a pas besoin qu'on l'embellisse.

ANTONIO.

J'ai voulu faire la Madone.

OCTAVIO.

Et Marie n'est-elle pas votre Dona?

ANTONIO.

Pardonnez, Monseigneur, je ne vous comprends point.

OCTAVIO.

Ah! je le sais, vous autres artistes vous vivez plus dans les rêves que dans le monde réel; vous préférez les produits de votre imagination, les fantômes aériens, à ce qui se meut autour de vous. Je ne trouve rien à dire contre ce penchant, rien du tout. Chacun doit agir comme bon lui semble. Je ne suis ni artiste ni poète, et je me contente bien de la réalité; de cette manière nous pouvons à merveille nous accorder ensemble. L'un de nous n'envahit point sur le domaine de l'autre. Vous aimez l'idéal, et moi la personne.

ANTONIO.

Que Votre Seigneurie m'excuse! Je ne comprends pas encore ce qu'elle veut dire.

OCTAVIO.

Mon cher Antonio, je veux m'expliquer clairement avec vous. Votre simplicité de caractère vous empêche de concevoir ce que nous autres gens de cour appelons finesse. Vous êtes pauvre, et j'en suis fâché. Vous faites de belles choses, et demeurez inconnu;

Que vous sert donc de faire briller votre lumière sous le boisseau? Écoutez. Je veux vous rendre heureux. Cette maison est grande, les nobles les plus riches de l'Italie y affluent chaque jour; il faut que vous restiez ici pour peindre, et votre fortune est faite.

ANTONIO.

Mon bon Seigneur, n'est-ce point une illusion? et le bonheur commence-t-il enfin à me sourire? Dès ma première jeunesse j'ai vu comme un feu follet voltiger devant mes yeux; mais quand je croyais l'atteindre il était déjà loin, et je retombais dans l'obscurité.

OCTAVIO.

Je veux vous rendre heureux. Par tous les saints! rien n'est plus cruel que de ne pas faire le bonheur d'un homme quand on le peut.

ANTONIO.

Vous pensez très noblement.

OCTAVIO.

Et vous pensez de même.

ANTONIO.

Oui.

OCTAVIO.

Ainsi vous me rendriez heureux aussi si vous en aviez les moyens?

ANTONIO.

Certainement. Mais vous êtes un enfant privilégié de la fortune. Et qu'est-ce qu'un pauvre homme pourrait faire pour vous?

OCTAVIO.

Hélas! cher Antonio! tout ce qui reluit n'est pas or. Je ne suis pas heureux; non, certainement.

ANTONIO.

Vous m'attristez... Est-il possible, mon jeune et généreux Seigneur? Vous avez tout ce que l'on ose désirer.

OCTAVIO.

Tout, mais non pas ce qu'il y a de meilleur.

ANTONIO.

Je le crois; mais chacun peut l'avoir quand il veut.

OCTAVIO.

Qu'entendez-vous donc par ce qu'il y a de meilleur?

ANTONIO.

La confiance en Dieu, un cœur pur et une conscience calme.

OCTAVIO, *étonné*.

Ah! c'est cela... Oui, vous avez raison; voilà ce qu'il y a de meilleur pour l'éternité. Mais l'homme vit de la vie de ce monde, et il faut trouver dans cette vie quelque chose de bon pour le rendre heureux.

ANTONIO.

C'est vrai.

OCTAVIO.

La manifestation de la Divinité sur cette terre est ce que nous appelons *amour*. Cette manifestation peut avoir lieu en grand, alors nous la nommons *art et génie*, ou dans des bornes plus étroites, et alors elle se reflète sur une belle femme.

ANTONIO.

Et quel est l'artiste en ce monde qui n'emploierait pas tous ses efforts à réunir intimement l'un à l'autre ces deux amours?

OCTAVIO.

Mais dans le cœur de l'artiste la muse occupe la première place.

ANTONIO.

Sans doute, parce que sa bien-aimée est sa muse.

OCTAVIO.

Et elle change avec la lune. Des muses véritables il y en a peu, seulement neuf.

ANTONIO.

Cependant chaque muse nous donne un art particulier, et chaque artiste aime la muse qu'il s'est choisie.

OCTAVIO.

Le grand Raphaël, devant qui vous incliniez tout à l'heure la tête, en a eu plusieurs.

ANTONIO.

Le pauvre Raphaël, parce qu'il n'en avait aucune.

OCTAVIO.

Aucune?

ANTONIO.

Oui, il en avait une dans le ciel, dans ses pressentiments, dans ses désirs, dans ce qu'il appelait sa *divine idée*. A présent il la possède. Son ame languissante ne doit plus, comme Cécilia, rechercher tristement l'azur du ciel et aspirer à une douce satisfaction. Maintenant il a sa muse; il l'embrasse. Ici il la cherchait en vain, le pauvre Raphaël. Voilà pourquoi son génie ardent se plongeait dans une mer de sensualités et se laissait éblouir si facilement.

OCTAVIO.

Êtes-vous donc plus heureux?

ANTONIO.

Grace à Dieu, oui. Pauvre, malheureux Raphaël! A quoi te servait-il donc d'être si jeune et si beau? A quoi te servaient tes puissants amis, et le pape, et Rome, et la voluptueuse Fornarine, et la nièce du cardinal? Tu ne connus pas le plus grand bonheur de la terre, celui d'avoir une femme douce, fidèle et vertueuse! tu ne trouvas point de Marie! Qu'était-ce donc que ta fortune? Oh! combien dans mon humble demeure je me sens plus heureux que toi?

OCTAVIO.

Êtes-vous donc si sûr que Marie vous aime de tout son cœur?

ANTONIO.

Aussi sûr que je vis.

OCTAVIO.

Bon... Quand je dis bon, c'est pour vous et non pas pour moi. Portez-vous bien; je ne veux pas troubler votre bonheur. (*Antonio est saisi de surprise.*) Je croyais que vous n'aimiez que votre muse, et que votre femme se flattait elle-même, et puis flattait ses sens et sa vanité. Alors je vous engageai à venir à Parme. J'espérais que nous pouvions être tous les trois heureux. Maintenant je vois que c'est impossible. Vous rêvez, et votre femme rêve comme vous. Et, puisque Dieu le veut ainsi, Antonio, vous ne pouvez demeurer chez moi. J'aspirerais toujours à ce qui vous appartient. Pourtant soyez sans crainte... Je ne me glisserai pas, comme un renard, pendant la nuit dans votre pigeonnier. J'aime les tourterelles; mais je ne veux pas les voler, car je puis les acheter en plein jour sur la place. Portez-vous bien; saluez votre belle femme. Par Dieu! j'avais de bons projets pour nous tous; et si quelqu'un a le droit de se plaindre dans cette affaire, c'est moi, qui m'en vais avec la bouche sèche. Adieu. Vous me ferez encore quelques tableaux comme celui-ci. Demeurez dans cette salle autant que vous voudrez. Baptiste doit vous apporter ici votre argent. (*Il sort.*)

ANTONIO, *seul.*

Ainsi c'était là son projet! C'était là sa passion pour l'art et son estime pour les artistes! O fou que je suis de m'être encore une fois livré au feu follet. Mais je suis vengé: il est sorti honteux. Honteux!... Et moi, ne suis-je pas là comme la patiente brebis qui supporte tous les outrages? (*avec colère.*) Il faut qu'il se batte avec moi. Je ne souffre pas un affront. Il est noble, et moi je suis noble aussi par le talent. Je vivrai dans le livre de l'avenir, et lui sera mort et oublié. Cependant je ne sais pas manier l'épée; mais les balles peuvent me servir. Meurtrier!... Oh! non, il vaut mieux subir l'offense!... Et s'il me tue! Marie! mon petit Jean!... et toi, mon art chéri!... Ah! je n'ai qu'une risible colère. C'est aux hommes de guerre à se battre: c'est à eux qu'appartiennent la bravoure et le mépris de la mort: c'est là leur métier, là qu'ils placent leur honneur. L'artiste agit par la pensée: il doit chérir la paix; car Dieu ne lui a pas mis l'épée en main, et la magique baguette qu'il porte peut donner la vie, mais non l'anéantir. Je veux souffrir l'humiliation, comme le modèle du monde, notre Sauveur, a souffert. Celui qui sur cette terre veut arriver à un noble but doit sacrifier son corps comme un martyr; ce n'est qu'au-delà du tombeau que commence sa vie... Rester ici! Voir ces tableaux! Le puis-je? Que n'ai-je déjà pas éprouvé aujourd'hui? La déception, la moquerie, le désespoir, la joie la plus vive, et puis les fatigues du voyage, la chaleur, la maladie. Je suis las, et mon regard se trouble. Je ne puis plus jouir de ces grandes choses qui m'entourent, et que j'ai si long-temps désiré de voir. Mes membres sont faibles. Ah! je me sens très mal, et je veux reposer un peu pour reprendre ensuite le chemin de ma demeure.

(*Il s'assied sur une chaise et s'endort dans un coin. Ricordano entre avec sa fille Célestine, qui porte une couronne de laurier à la main.*)

RICORDANO.

Nous voici enfin arrivés, mon enfant.

CÉLESTINE.

Mais comme convives étrangers, n'est-ce pas, mon père?

RICORDANO.

Mauvaise Célestine! oui, puisque tu le veux.

CÉLESTINE.

Puisque tu le veux, toi.

RICORDANO.

Je ne demande que ton bonheur. Dieu m'est témoin que je ne demande rien autre chose. Tu ne crois pas pouvoir le trouver auprès d'Octavio, soit! Je renonce à mes plans, et le jeune fou peut s'en prendre à sa légèreté; mais je demeure convaincu que son cœur est bon.

CÉLESTINE.

Son cœur! Mais en a-t-il un?

RICORDANO.

Vous autres jeunes filles vous voulez que tout soit cœur.

CÉLESTINE.

Est-ce ainsi que parle celui qui en a un si noble?

RICORDANO.

C'est bon, flatteuse!

CÉLESTINE.

Octavio n'en a point, croyez-moi. Il n'est pas méchant, mais épris de lui-même, orgueilleux, froid et dépourvu d'idées. Il ne m'aime pas; je ne l'aime pas, et cependant, mon père, tu peux désirer...

RICORDANO.

Eh bien, soit! Je veux oublier la promesse que je fis à Lorenzo sur son lit de mort, d'unir son fils à ma fille, et de rendre ainsi l'alliance de nos deux maisons plus étroite.

Cette promesse fut accordée trop à la hâte. Que Dieu me pardonne!

CÉLESTINE.

Dieu doit être satisfait que tu ne fasses pas e malheur de ton unique enfant.

RICORDANO.

Tu as raison. Et, quand j'y pense, ne serait-ce pas un crime de placer un bouton de rose, comme toi, dans un terrain sec et aride, lorsque tous les jeunes jardiniers de Florence et des environs désirent si vivement prendre soin d'une telle fleur?

CÉLESTINE.

Mon père, si tu peux me regarder comme une petite fleur, toi tu seras le chêne à l'ombre duquel je vivrai. Je ne demande qu'à te rester toujours unie.

RICORDANO.

Mon enfant, est-ce que tu ne connais pas encore l'amour?

CÉLESTINE.

Oui, mais pour toi, pour Dieu, pour tout ce qu'il y a de bon et de beau.

RICORDANO.

Et pour quelque jeune homme?

CÉLESTINE, *en rougissant.*

Non.

RICORDANO.

O douce innocence! pas encore. Mais cela viendra; crois-moi. L'Amour sait se venger; il ne souffrira pas toujours tes froids dédains, et quand tu t'y attendras le moins, il arrivera cruel comme Silvio, pour te faire languir comme Dorinde.

CÉLESTINE.

Mais le temps, les précautions, mon père?

RICORDANO.

Petite muse; c'est ainsi qu'il faut t'appeler. Tu repousses l'amour des fils de la terre pour ne vivre que dans l'art et la nature. A qui destines-tu cette couronne de laurier?

CÉLESTINE.

Que sais-je? Quand nous traversions le jardin, cette branche se pencha vers moi et m'arrêta par mes cheveux. Pour la punir je l'arrachai de sa tige, et j'en ai formé une couronne.

RICORDANO.

Sans doute pour la poser sur ton Raphaël?

CÉLESTINE.

Ah! dieux! la belle salle!

RICORDANO.

Il faut pourtant que tu la quittes.

CÉLESTINE.

Hélas! oui.

RICORDANO.

Elle pourrait être à toi.

CÉLESTINE.

Mon bon père, est-ce que tu pourrais acheter toutes ces peintures d'Octavio?

RICORDANO.

Mais, ma chère fille, sais-tu combien vaut cette collection?

CÉLESTINE.

Non, car je la crois d'un prix inestimable; mais Octavio ne sera pas si difficile, car il aime encore plus l'argent que ces beaux ouvrages. Il ne demandera pas plus que ta fille ne vaut pour toi, mon père, et tu gagneras encore à ce marché, puisque tu ne lui donnes que de l'or et que tu gardes ton enfant.

RICORDANO.

Méchante petite Circé, reste ici, regarde tous ces tableaux. Je vais parler à Octavio et je lui dirai ta résolution.

CÉLESTINE.

Il la recevra bien; va. C'est un fin courtisan, et ce sacrifice ne lui coûte pas beaucoup.

RICORDANO.

Si tu n'es pas sa femme, tu peux au moins, comme parente, demeurer son amie, sa sœur.

CÉLESTINE.

Cela s'entend, mon père. Comme son amie et sa sœur je reviendrai souvent visiter Octavio... et sa galerie.

RICORDANO.

Ah! tu es rusée.

CÉLESTINE.

Dis-le-lui, et je vais te retrouver.

RICORDANO.

N'oses-tu donc pas porter toi-même ton refus à ce pauvre homme?

CÉLESTINE.

Bon! c'est une plaisanterie. Je dois seulement mêler à ce refus quelques belles fleurs.

RICORDANO.

Ah! jeunes filles, timides et malignes créatures!...

(*Il sort.*)

CÉLESTINE, *seule.*

Maintenant me voilà entre mes beaux tableaux, et je devrais les quitter pour toujours? Non, mon père les achètera. Non, tous ces trésors ne tomberont pas dans la poussière sans réjouir des cœurs nobles, sans inspirer de l'amour. O Cécile, je veux mettre ma couronne à tes pieds... Mais que vois-je? Une nouvelle peinture tournée contre la muraille. Est-il possible? Octavio fait de telles emplettes! Eh bien! tant mieux. (*Elle regarde ce tableau tout étonnée.*) Est-ce un rêve? Non, voilà bien l'œuvre d'Antonio Allegri, le nouveau peintre, le grand peintre, que l'on ne connaît pas encore, dont j'ai déjà copié plusieurs têtes, et que

Michel-Ange et Jules-Romain nous ont tant vanté aujourd'hui quand nous les avons rencontrés sur le chemin. Buonaroti lui a donné son anneau en partant et veut parler pour lui au duc. Ah! dieux! comme tout cela est beau et vivant! Quel doux visage plein de grace et d'humilité que celui de la Mère de Dieu! Le Sauveur est là resplendissant de majesté, et Jean... Non, je voudrais pouvoir prendre ce petit garçon et l'embrasser un millier de fois. C'est sans doute fait d'après nature; on ne saurait rien inventer de semblable. Oh! quelle couleur! quel sentiment! quel délicieux tableau!... Je veux le couronner. Je comprends pourquoi la branche de laurier se penchait vers moi et cherchait à me retenir; c'était comme un avertissement de ce que je vois. Si je pouvais aussi couronner l'artiste, mais sans que personne me vît, pas même lui!... (*Elle aperçoit Antonio qui dort dans un coin.*) Jésus, Maria! voilà un homme!... Il dort profondément. Qui est-il? Comment est-il venu dans cette galerie? (*Elle le regarde de plus près.*) Ce n'est pas un chevalier, encore moins un bourgeois ou un domestique. Il est habillé pauvrement, mais avec propreté. Une belle tête! pâle; mais quels nobles traits! et quel large front! Que Dieu m'assiste! Est-ce bien vrai? Il a l'anneau de Buonaroti à son doigt. C'est Antonio Allegri lui-même, qui a apporté son ouvrage à Octavio et qui s'est endormi de fatigue. (*Elle s'agenouille devant lui pour le mieux voir.*) Oh! la belle expression de visage! Il semble avoir beaucoup souffert dans le monde, et cependant il n'est pas vieux... Si j'osais le couronner! Mais non, il peut se réveiller; quelqu'un peut venir. Non, je veux poser cette couronne sur son tableau; et quand il se réveillera, il verra qu'on l'aime... Et cependant ce n'est rien que cela. L'artiste a la tête nue, et c'est sur ce coin de bois que repose la couronne. Oh! je dois tout hasarder. Bons saints du ciel! assistez-moi, pour que je mène à bonne fin mon aventure. (*Elle lui pose la couronne sur la tête et se retire.*) Oui, voilà sa place. A présent le laurier se marie bien à cette noire chevelure, et le front du peintre est ombragé comme il devait l'être. C'est bon. J'ai fini. Et maintenant adieu; nous nous reverrons bientôt. Il se réveille; il pousse un long soupir. Sauvons-nous! sauvons-nous!

(*Elle s'éloigne.*)

ANTONIO.

Où suis-je? Ah! cette voûte sombre n'est pas l'Élysée. J'ai dormi et rêvé. Non, j'ai eu plus qu'un rêve; c'était un pressentiment de la félicité à venir. Je me trouvais dans une belle campagne, plus belle encore que celle qui est décrite par Dante. C'était dans la vallée des Muses, auprès d'un temple en marbre blanc, soutenu par des colonnes de granit, orné de statues colossales et plein de livres et de peintures. Autour de moi je voyais réunis les grands artistes de l'antiquité et des temps modernes: poètes, sculpteurs, peintres et architectes. Phidias était placé, comme une mouche, sur les épaules d'Hercule, et travaillait avec ardeur, et parvenait à faire de son œuvre gigantesque un tout harmonieux. Apelles trempait en riant ses pinceaux dans les couleurs de l'Aurore et peignait sur les nuages des figures merveilleuses que les anges emportaient. Palestrina, assis devant son orgue, jetait des sons magiques à travers le monde, et les quatre vents donnaient l'air à son instrument. Auprès de lui Cécile chantait; Homère, le vieillard, s'asseyait près de la source sacrée, et tous les poètes prêtaient l'oreille à ses paroles. Raphaël, beau comme on l'a vu dans ce monde, mais portant des ailes d'argent, me prenait par la main pour me conduire au milieu de ce cercle. Alors s'avança, oh! jamais je ne l'oublierai, la Muse, jeune, belle, fraîche comme la rosée du matin et riante comme la rose qui vient de naître. D'une main aussi blanche que la neige elle me posa une couronne de laurier sur la tête et me dit: « Je te voue à l'immortalité. » Puis je m'éveillai. Et il me semble encore que je porte cette couronne. (*Il met ses mains sur son front et sent la couronne.*) O ciel! que vois-je?... Est-il possible? Arrive-t-il encore des miracles dans le monde? (*Baptista vient avec Nicolo qui porte un sac d'argent.*) Mon ami,... Baptiste, qui donc est venu ici?

BAPTISTE.

Que sais-je? Voici l'argent que notre digne seigneur doit vous donner pour votre tableau. Il faut que vous preniez cette somme en cuivre; c'est avec cette monnaie que les paysans paient leurs impôts. Elle vous pèsera un peu sur le dos; mais vous êtes habitué depuis long-temps à porter des fardeaux. Si vous êtes devenu un peintre merveilleux, vous ne devez pas oublier que votre père était un portefaix, et cette charge servira à vous rappeler votre origine. Il est bon quelquefois d'avoir de tels préservatifs contre l'orgueil et la présomption.

ANTONIO.

Baptiste, ne pourriez-vous me donner de l'argent, si ce n'est tout, au moins ce qu'il me faut pour aujourd'hui et demain? Voyez, le chemin est long; je l'ai déjà fait une fois; je suis las, et il faut que je me traîne encore sous ce poids. Rendez-moi ce service, mon ami.

BAPTISTE.

Comment, ami? Vous êtes mon ennemi, et le serez toujours.

ANTONIO.

Que vous ai-je fait?

BAPTISTE.

C'est à vous que je dois la honte et les injures que j'ai eues à subir aujourd'hui de la part de Michel-Ange.

ANTONIO.

Est-ce moi qui en suis la cause?

BAPTISTE.

Assez là-dessus! Voilà votre argent. J'ai pris ce que vous me deviez. Ainsi partez, et ne vous hasardez jamais à remettre les pieds dans ce palais.

ANTONIO.

Vous êtes bien en colère?

BAPTISTE.

On vous donne de l'argent, des anneaux, et, comme je le vois, des couronnes de laurier. Vous devez aussi recevoir quelque chose de moi.

ANTONIO.

Mais modérez donc votre haine.

BAPTISTE.

Je veux plutôt l'assouvir.

ANTONIO.

Faites ce que vous voudrez. Je ne crains rien. J'ai du moins ce dont vous paraissez peu vous soucier, une conscience pure. Tâchez de me nuire; l'Éternel sera bon envers moi. Adieu. Je vous quitte sans haine. Le sac, quelque lourd qu'il soit, ne m'effraie pas. (*Il pose la couronne sur sa tête et le sac sur son dos.*) « Tu gagneras ton pain à la sueur de ton front, » a dit le Seigneur. Que le fardeau courbe mon corps jusqu'à terre, la sainte couronne élève ma tête. Je marche avec courage et hardiesse.

(*Il part.*)

BAPTISTE.

Le sac est pesant; qu'en penses-tu, Nicolo?

NICOLO.

Il renferme une grosse somme?

BAPTISTE.

Soixante-dix scudis. Mais qu'est-ce que cela auprès de son anneau, dont la valeur est inappréciable! Quelle heure est-il?

NICOLO.

On sonnera bientôt, si je ne me trompe, l'angelus.

BAPTISTE.

Alors le soleil se couche. La nuit vient. Il doit encore arriver ce soir à Corrège. La forêt est fraîche et sombre... Que voulais-je te dire? Ah! tu me demandais aujourd'hui la permission d'aller voir ta vieille mère. Nous avons eu tout le jour beaucoup à faire; mais à présent rien ne s'y oppose, tu peux partir. Seulement aie soin de te retrouver ici demain avant midi.

NICOLO.

Je vous remercie. Votre permission me cause un plus grand plaisir que vous ne pouvez le croire.

BAPTISTE.

Je connais la joie que l'on éprouve à revoir ses amis et ses parents.

NICOLO.

Je vous remercie encore une fois.

BAPTISTE.

C'est bon. (*Nicolo sort.*) Il part. A merveille! Si tu es en effet un brigand, un meurtrier, tu vas nous le faire voir... Je ne lui ai rien dit; je ne l'ai pas pressé. Il va voir sa mère, et permettre à un fils d'aller rendre visite à sa mère, c'est une œuvre toute chrétienne. Ma conscience est libre. Si Allegri tombe, c'est une punition de Dieu et non pas l'effet de ma vengeance. Je me lave les mains de ce meurtre, car j'en suis innocent.

ACTE CINQUIÈME.

Une forêt; dans le fond l'ermitage de Silvestre. Au milieu, un chêne près de la cellule, une bordure, et là est le tableau de Madeleine pénitente. En avant, de gros platanes, et, à droite, une source jaillit d'un monticule et coule à travers la forêt.

VALENTIN, *un vieux brigand, les cheveux couverts d'un réseau, deux pistolets à sa ceinture, l'épée au côté et le fusil sur l'épaule.*

Comme tout change avec le temps, même la manière de voir et de penser! Il y a trente ans, quand je m'en allais à travers le bois plein de haine et de colère contre le monde, les ombres de ces arbres ne jetaient dans mon âme que des idées de mort. Si je trouvais un vieux chêne creux, c'était pour moi un retranchement et une forteresse d'où je pouvais tomber à l'improviste sur le voyageur. Les fleurs ne me semblaient que de mauvaises plantes qu'on devait fouler aux pieds; et si de belles femmes passaient à quelque distance, je dressais l'oreille comme un tigre. Jamais je ne me retrouvais plus calme et plus joyeux que lorsque, mon œuvre de brigand achevée, je rentrais dans ma caverne pour commencer une orgie avec mes compagnons; car alors je me regardais comme un Pluton, un frère de Jupiter, un roi de ce monde infernal... À présent c'est autre chose. L'âge vient. À présent ma sombre caverne me fait peur, et je crois l'entendre me dire : « Bientôt tu sortiras d'ici pour n'y plus rentrer. Jouis de la lumière pendant qu'elle t'appartient encore. » Je n'ai plus le moindre plaisir à tuer. Je n'entre en colère que par besoin, lorsque la politique de mon état l'exige. « Le vieux Valentin! » Ce nom fait pâlir de crainte toute lèvre qui le prononce. Dans la chambre des nourrices il sert à apaiser les enfants qui crient, et le juge qui l'entend tremble et laisse tomber la plume. Je suis bien plus redouté que le diable; et il est vrai que ma force ne m'a pas encore abandonné, mais la résolution semble avoir pris congé de moi. D'où cela peut-il venir? Car, en vérité, je suis ce qu'on appelle un brigand et un meurtrier; mais je n'ai jamais pour cela cessé d'être un bon chrétien; les deux choses vont très bien ensemble. J'ai commis dans ma vie maint excès; j'ai frappé les uns au cœur, coupé le cou aux autres, violé des femmes et des jeunes filles, enlevé beaucoup d'argent, etc. Mais personne ne peut dire que j'aie passé un jour sans réciter au moins trois *pater*. J'ai été assidument à la messe, et j'ai acheté l'absolution pour mes crimes passés et futurs. Avec tout cela on pourrait croire que je vais m'en aller, leste comme un courrier, au ciel, et cependant la crainte se traîne lentement, comme un voiturier, sur cette route; et avant que je puisse en être prévenu, il peut arriver un ange de vengeance qui me tire dessus, m'arrache le dernier soupir, et me jette, comme un jour le Seigneur jeta Lucifer, au fond de l'abîme sans fin. (*Silvestre sort de sa hutte, s'agenouille devant l'image de Madeleine et fait sa prière du soir.*) Voilà le vieil ermite Silvestre, un homme faible, maigre, pâle; cependant son regard est plein de force. Moi je suis vigoureux et mâle comme l'automne; mais si je viens à me regarder dans un ruisseau, je le vois trouble et je tremble sans savoir pourquoi, tant une seule pensée peut nous être fatale, tant il y a de soutien dans la confiance! et l'espoir

SILVESTRE, *arrivant auprès de lui.*

Que Dieu vous bénisse!

VALENTIN.

Je vous remercie de ce souhait, mon révérend frère. Me connaissez-vous?

SILVESTRE.

Vous êtes un chasseur.

VALENTIN.

Oui, un chasseur à la course.

SILVESTRE.

Il y a entre nous une sorte de parenté, car nous habitons tous deux les forêts.

VALENTIN.

Vieux tous deux.

SILVESTRE.

Et las du monde.

VALENTIN.

A ce qu'il paraît.

SILVESTRE.

Et nous élevons du milieu de cette vie nos regards vers l'éternité.

VALENTIN.

Si seulement cela servait à quelque chose!

SILVESTRE.

Mais oui, cela doit être.

VALENTIN.

Vous êtes un homme religieux, vous. Au premier coup que vous frapperez, saint Pierre va ouvrir la porte. Moi, au contraire, je suis un vagabond, un chasseur, qui a tué plus d'une bête innocente dans la forêt.

SILVESTRE.

Et quand bien même vous seriez un brigand, si, mourant sur le gibet, vous implorez avec repentir votre pardon de Dieu, il vous sera accordé.

VALENTIN.

Me connaissez-vous?

SILVESTRE.

Je vous connais, Valentin.

VALENTIN.

Et vous ne craignez rien?

SILVESTRE.

Au contraire, j'espère, avec la grace du ciel, chasser l'angoisse de votre cœur.

VALENTIN.

Vous savez ce qui se passe en moi?

SILVESTRE.

Oui, car non-seulement les pierres et les arbres de cette forêt ont connu les souffrances de votre ame, moi je les connais aussi.

(*Plusieurs brigands arrivent avec François Baptiste.*)

BRUNO.

Voyez-vous, mes amis, voici un garçon qui nous apporte son argent de voyage et un havresac bien garni. Voulez-vous me permettre, mon capitaine, de plumer cet oiseau et puis de lui tordre le cou? C'est le fils de Baptiste, de Corrège.

UN AUTRE.

Le mauvais drôle qui nous gâte le métier.

UN TROISIÈME.

Qui nous refusait un verre d'eau, un peu de paille pour la nuit, quand nous arrivions auprès de lui comme de pauvres ouvriers.

VALENTIN.

Un lâche hypocrite, un misérable fripon, un traître et un envieux. Les brigands sont des anges à côté de lui; car on peut s'armer et prendre des précautions contre la force; mais les vipères se glissent en secret et vous tuent. Rien que de penser à ce coquin-là, le sang bouillonne dans ma poitrine. Il m'a blessé au cœur, car il est cause que Nicostrati, mon frère et mon ami, a été tué à coups de massue; que ses membres ont été mis en pièces par la main du bourreau, parce que la justice donna l'ordre de lui appliquer la torture. Prenez son fils, je vous le donne en sacrifice; son sang doit assouvir ma vengeance.

FRANÇOIS *se jette aux pieds de Valentin et crie.*

Pitié!

VALENTIN, *brandissant son poignard.*

Loin de moi, fils de serpent!

SILVESTRE, *saisissant d'une main l'image de Madeleine et de l'autre le bras de Valentin.*

Pitié! Qu'est-ce que le pauvre jeune homme t'a fait? Oh! modère ta passion; et si la nature avec son éternelle majesté n'agit pas sur ton cœur farouche, eh bien! montre pourtant que tu es encore chrétien. Pardonne; ne profane pas la présence de cette image en faisant couler le sang de cet homme. Regarde cette tête de mort; c'est ainsi que tu seras un jour. Regarde ce livre; c'est *la Bible*, où il est écrit: « Tu dois aimer ton prochain comme toi-même. » Regarde cette pieuse femme; c'est une héroïne qui s'arrache avec force des liens du péché. Fais comme elle; sauve ton ame, sois homme!

VALENTIN, *étonné.*

Laissez-le, au nom de Dieu! La sainte est près de moi, non pas seulement son image, mais elle-même. C'est elle qui retient mon bras. La voyez-vous? Sainte Madeleine! La voyez-vous, la médiatrice des grands pécheurs, notre sainte à nous?

TOUS LES BRIGANDS, *se découvrant la tête et se jetant à genoux.*

Nous la voyons! Comme elle est belle! *Ora pro nobis, sancta Magdalena.*

VALENTIN, *à François.*

Va-t-en en paix. Rends grace à cette sainte de ta délivrance, et, après elle, à cet homme devant lequel elle se montra, pour qu'il la montrât aux autres.

SILVESTRE, *à François.*

Cette image a été faite par le pauvre peintre Antonio Allegri, le voisin de ton père. (*François part. — à Valentin.*) Je te remercie.

VALENTIN.

Nous nous reverrons demain.

(*Silvestre rentre dans sa cellule.*)

NICOLO, *arrivant.*

Monsieur le capitaine, je suis bien aise de vous rencontrer. Un peintre, Antonio de Corrège, doit passer ici dans un moment; il porte sur le dos un sac plein d'argent, et à son doigt l'anneau le plus précieux que l'on puisse voir.

VALENTIN.

Lâche coquin, veux-tu dépouiller de ce qu'il possède le brave artiste qui peut faire des saintes comme celle que nous venons de voir, et attendrir des cœurs de fer comme les nôtres? N'est-il pas, lui aussi, en lutte avec le monde? et n'est-il pas, comme nous, honni et persécuté? Les artistes et les brigands sont deux espèces de gens particulières; les uns et les autres évitent le chemin battu et se fraient un sentier à l'ombre. Tu veux arrêter l'artiste? infâme vaurien! et tu crois être un héros? Ne t'ai-je donc envoyé dans la maison d'un riche gentilhomme que pour te voir ici revenir voler le salaire du pauvre peintre? — Va-t-en au diable! tu ne mérites pas de vivre dans une honorable société d'hommes de cœur!

NICOLO.

Cependant je pensais...

VALENTIN.

Comme tu sais penser. Suivez-moi tous dans la caverne, mes camarades; j'ai aujourd'hui à vous parler. Écoutez. Il ne me reste pas beaucoup de temps à passer avec vous, car je me fais vieux, et la conscience a aussi ses droits. Vous avez assez tiré votre récolte de mes fatigues et de mes sueurs; et l'on a plus d'un exemple d'un roi qui remettait volontairement son sceptre en d'autres mains; c'est ce qui m'arrivera bientôt. Mais tant que je demeurerai avec vous, on ne tuera plus personne. Vous pourrez encore tout à votre aise piller les riches; mais vous donnerez libre passage aux pauvres. Voilà mes ordres; voulez-vous les suivre?

LES BRIGANDS.

Oui, si tu veux toujours rester avec nous.

VALENTIN.

Cette nuit aussi on ne fera point de chasse aux voyageurs. Il faut qu'Antonio passe sans crainte dans les forêts, et ne rencontre pas d'autres oiseaux que ceux qui chantent joyeusement sur les buissons.

(*Tous les brigands s'en vont.*)

ANTONIO *arrive; il jette son sac auprès de la source et s'assied.*

Je n'en puis plus; mes forces sont épuisées. Dieu soit béni! voici une source d'eau. Si seulement j'avais un vase pour y puiser... Mais mon chapeau doit me servir. Ah! je l'ai laissé à Parme pour ne pas enlever à ma couronne la place qu'on lui avait donnée... Avec la main peut-être. (*Il puise de l'eau avec sa main.*) Cela ne fait qu'augmenter ma soif. Je me sens si faible et saisi par la fièvre. Si je pouvais au moins aller jusque chez moi et rapporter à mes bien-aimés cet argent! Comme Marie va se tourmenter, si la nuit tombe et qu'elle ne me voie pas venir!... Ah! le sang me monte à la tête. (*Il prend sa couronne et la regarde.*) Il est encore si frais, ce laurier!... Mais mon front est brûlant. « Je te consacre à l'immortalité. » L'immortalité commence après la mort. Est-ce là, ma déesse, ce que vous pensiez? (*Laurette, jeune paysanne, arrive avec un seau sur la tête.*) Qui donc arrive là si gai, en chantant? C'est Laurette, la fille de notre voisin, qui va traire ses chèvres dans les champs.

LAURETTE.

Si je ne me trompe, c'est maître Antonio qui est là?

ANTONIO.

Laurette, bonsoir!

LAURETTE.

Arrivez-vous enfin? Votre femme s'est déjà bien tourmentée de ce que vous demeuriez si long-temps dehors.

ANTONIO.

Je n'ai pas pu revenir plus tôt.

LAURETTE.

Vous êtes fatigué de cette longue route; c'est tout simple.

ANTONIO.

Chère enfant, veux-tu bien me donner à boire avec ton seau? Je n'ai rien pour puiser à cette source.

LAURETTE.

Où donc est votre chapeau?

ANTONIO.

Je l'ai laissé à Parme.

LAURETTE.

Et qu'est-ce que vous avez mis sur votre tête?... Ah! une couronne de laurier. Elle vous va bien. Qui vous l'a donnée?

ANTONIO.

Un être céleste.

LAURETTE.

Vous autres artistes, vous oubliez tout avec vos rêveries. Je ne veux pas prendre un artiste pour mari; je veux avoir quelqu'un qui songe à sa femme.

ANTONIO.

Sois sûre que je n'ai pas oublié ma pauvre Marie.

LAURETTE *puise de l'eau et la lui présente.*

Tenez; buvez tout à votre aise. (*Antonio boit avec avidité.*) C'est une boisson bien fraîche; elle vient d'une caverne creusée sous terre.

ANTONIO, *en riant.*

Merci, ma belle Rebecca. Je te trouverai un mari.

LAURETTE.

Pourquoi pas?

ANTONIO *veut se lever.*

Maintenant il faut que j'aille... Je suis pourtant très fatigué.

(*Il retombe.*)

LAURETTE.

Restez là un instant. Marie vient avec votre petit Jean au-devant de vous; elle sera bientôt ici, et alors vous vous en retournerez ensemble.

ANTONIO.

Je ne sais pourquoi je suis dans une telle anxiété...

LAURETTE.

Vous avez l'humeur mélancolique, maître Antonio; cela vient de ce que vous peignez des images de saints. Reposez-vous sous cet arbre. Pendant ce temps je vous chanterai une petite chanson, que l'on écoute volontiers auprès d'une source.

ANTONIO.

Oui, chante mon enfant; réjouis-moi le cœur.

LAURETTE *chante.*

La Sylphide est dans le rocher
Quand le pèlerin va chercher
La source d'eau qui sur la pierre
S'écoule brillante et légère.
Viens, dit-elle, beau voyageur,
Tu seras l'ami de mon cœur.

Oh, viens! je dénouerai ton âme
Et, sautillant comme la flamme,
Tu pourras danser avec moi.
Les pieds de Sylphe sont à toi,
A toi mon humide retraite
Et l'eau qui passe sur ta tête.

L'étranger a peur; il est las,
Il veut partir, mais ne peut pas.
Et la jeune et blonde Sylphide
Offre à ses lèvres l'eau limpide.
A longs traits il s'abreuve enfin,
Et se sent pris d'un mal soudain.

Dans son sang le frisson ruisselle,
Il a bu la boisson mortelle,
Il tombe pâle. Est-ce qu'il dort?

Non, c'en est fait, il est bien mort.
Et le torrent l'entraîne et roule,
Et sur sa tête l'eau s'écoule.

En liberté son âme fuit,
Et dans les bois revient la nuit;
Au printemps, sur l'onde rapide,
Elle danse avec la Sylphide;
Et la lune, sur le chemin,
Voit les os blancs du pèlerin.

(*Quand Laurette a fini de chanter elle se lève et dit :*)

Il est tard. Il faut que je vous quitte pour aller traire ma chèvre noire. Adieu; portez-vous bien. Marie va venir vous prendre avec Jean.

ANTONIO.

Merci, ma fille.

LAURETTE.

Vous n'avez aucun motif de me remercier.

ANTONIO.

Aucun motif! C'est vrai. Voilà une terrible chanson, qui ressemble à un accent de mort, à un cri poussé par les puissances infernales.... « Portez-vous bien! » m'a-t-elle dit, et non pas « Vivez bien[1]. » La boisson qu'elle m'a présentée est mortelle; elle a pris la place de la Sylphide aux cheveux d'or. Je sens un frisson glacé qui passe dans mes veines. Ah! j'ai bien compris cette chanson, quand elle me l'a fait entendre comme par moquerie. (*Il se tait un moment, puis reprend avec un sourire.*) Il en est de l'imagination comme d'une lumière qui semble se ranimer et jette un dernier éclat au moment de s'éteindre. Soit! je ne tremble pas. Si c'est la Sylphide que je viens de voir, la douce créature qui couronna ma tête était ma Muse. Ainsi ma bonne Marie ne sera pas une pauvre veuve abandonnée, car elle est la véritable vierge du ciel, et Jean ne sera pas un malheureux orphelin, car c'est le petit ange qui, portant un bâton d'*Agnus-Dei*, est venu avec Marie sur la terre pour faire concourir mon art à la gloire du christianisme... Oui, cela est ainsi... (*avec plus de gaîté.*) Comme cette soirée est belle! Comme ce ciel est bleu! L'air vient me rafraîchir avec des ailes d'ange. A l'est tombe une légère pluie; à l'ouest le soleil se couche, et au sud un arc-en-ciel se peint sur la rosée. Cette verdure qui m'entoure m'apparaît comme l'espérance de l'éternité. On dirait que les sept couleurs brillent encore à la fois, comme pour me dire adieu, comme pour me rappeler de ce domaine des ombres à leur riante patrie, à la pure lumière. (*prenant son sac.*) Je te soulève pour la dernière fois, pénible fardeau de la vie, dur Mammon, ennemi constant de l'esprit qui porte ses pensées au-delà de cette terre. Tu t'es bien vengé, n'est-ce pas? Le peu que mon pinceau t'arracha est devenu si lourd sur mes épaules. Oh! viens, Marie; viens, mon petit Jean! Un regard! un seul regard!.. Un dernier mot! oh! oui, mon Dieu, que j'aie encore cette joie! et je veux bien mourir.

(*Il part. — Marie vient d'un autre côté avec Jean qui tient le bâton d'*Agnus-Dei *à la main.*)

JEAN.

Dis-moi, ma mère, pourquoi mon père ne revient-il pas?

MARIE.

Nous le verrons bientôt, je pense; il avait aujourd'hui beaucoup à faire à Parme.

JEAN.

La nuit descend, ma bonne mère! J'ai peur.

MARIE.

Tu ne dois pas avoir peur, mon ami. Celui qui ne fait point de mal n'a rien à craindre dans l'obscurité.

JEAN.

Tout à l'heure le ciel était si bleu et si riant; les couleurs jouaient avec les nuages, et voilà que tout est loin. Le soleil tombe, et l'on ne voit plus rien qu'une large bande rouge comme du sang.

MARIE.

Mais ne remarques-tu pas la douce clarté qui nous vient à travers les arbres?

JEAN.

Oui, c'est la lune. Sa lumière naît quand l'autre s'en va; elle est douce et paisible et repose l'esprit. (*Ils s'asseyent près de la source.*) Regarde! voilà des germandrées[1]. Veux-tu que j'en fasse une couronne jusqu'à ce que mon père arrive?

MARIE.

Oui, recueille les débris de ce qui tombe et forme-t-en une couronne. Que peux-tu faire de mieux? (*Jean s'éloigne.*) Folle que je suis! Tout doit-il donc me ramener à de funestes pressentiments? Pourquoi me créer toutes ces sombres images? Je n'ai encore appris aucun malheur; mais si je l'apprenais, hélas! ma plus grande, ma seule consolation ne serait-elle pas aussi dans ces images?

(1) *Fahret wohl, Lebet wohl* : les deux saluts en usage chez les Allemands et dont il est assez difficile de faire sentir la différence en français. *Fahret wohl* veut dire, à la lettre : *voiturez bien*. C'est la même idée que celle exprimée dans le *Farewell* des Anglais. *N. du trad.*

(1) Cette fleur est plus connue encore sous le nom de *ne m'oubliez pas*, sous le nom allemand *vergiss meinnicht*, et sous celui de *souviens-toi de moi*, sur lequel Millevoye a fait une jolie romance. *N. du trad.*

LAURETTE *vient et chante.*

Dans son sang le frisson ruisselle,
Il a bu la boisson mortelle,
Il tombe pâle. Est-ce qu'il dort?
Non, c'en est fait, il est bien mort.
Et le torrent l'entraîne et roule,
Et sur sa tête l'eau s'écoule.

Ah! vous voilà, Marie. Je savais bien que vous alliez venir.

MARIE.

Laurette, n'as-tu pas vu Antonio?

LAURETTE.

Oui, et je lui ai même donné à boire, et je lui ai chanté une chanson.

MARIE.

Ah! dieux! où est-il?

(*On aperçoit de loin Antonio.*)

LAURETTE.

Tenez, le voilà qui vient. Vous devez être heureuse. Vous êtes encore aussi amoureux l'un de l'autre que si vous ne veniez que de vous promettre en mariage. Eh bien! je ne veux pas troubler votre joie; d'ailleurs il est déjà tard. Bonne nuit. Antonio, dormez bien.

(*Elle s'éloigne, — Antonio arrive pâle comme la mort.*)

MARIE.

Antonio!

ANTONIO, *jetant son sac par terre.*

Marie! voilà de l'argent. C'est de quoi pourvoir pendant quelques jours à tes besoins et à ceux de notre enfant. Mais je n'en peux plus. Que le bon Dieu après cela ait soin de vous!

MARIE.

Antonio! O sainte Mère de Dieu!

ANTONIO, *l'embrassant.*

Tu ne l'es pas, toi! Tu es ma femme, ma pauvre femme, ma veuve délaissée! Que le ciel soit béni! Mon sang, qui bouillonnait, a repris son cours. L'air circule dans mes veines.

MARIE.

Tu es pâle et échauffé.

ANTONIO.

Non, ma bonne Marie, j'ai donné une partie de mon sang à la terre. Maintenant je ne suis plus tourmenté par ces rêves qui venaient de la fièvre. N'est-ce pas, c'est Laurette qui était avec toi? la jeune fille aux cheveux blonds. Ce n'est pas un mauvais esprit? ce n'est pas mon Atropos?

MARIE.

Antonio!

ANTONIO.

Et toi, tu es ma femme et Jean est mon fils, des êtres comme moi, non pas des génies célestes, qui sont sans pitié, parce qu'ils ne souffrent pas. Vous souffrirez, vous, hélas! trop, beaucoup trop.

MARIE.

Oh! malheureuse que je suis!

ANTONIO.

Ne te décourage pas. Donne-moi ton baiser de fiancée, ma douce amie. Et ne crains rien; mes lèvres ne sont pas trop brûlantes; je les ai rafraîchies à la source. Elles sont seulement bleues comme la violette, chère enfant; c'est la poussière qui recouvre les ailes du papillon et qui remonte au ciel.

MARIE.

O mon Antonio! faut-il que tu meures ainsi?

ANTONIO.

Il faut toujours que cela finisse, ma bonne amie; une minute plus tôt ou plus tard, qu'importe? Le moment est amer; mais ce n'est qu'un moment, et l'éternité vient après.

MARIE.

Mon bien-aimé!

ANTONIO.

Veux-tu me promettre de supporter avec courage ce moment? Veux-tu me dire que les larmes ne couleront pas de tes yeux comme le sang de l'agneau coule dans un sacrifice; mais qu'elles rafraîchiront ton cœur et brilleront sur tes joues comme de belles perles, comme les larmes de la pitié, de l'amour, de l'humanité?

MARIE.

Vas en paix. Je te le promets.

ANTONIO.

Eh bien donc! au nom du Dieu tout-puissant, où est mon fils

MARIE *appelle.*

Jean!... Il cueille des fleurs.

ANTONIO.

Pour le tombeau de son père. Va, Marie, va auprès de notre vieil ami Silvestre. Je voudrais qu'il me donnât la communion.

MARIE.

Il dort... Cependant...

ANTONIO.

Va; il pourra venir bientôt.

MARIE.

Je cours... Mais je tremble.

ANTONIO.

Mon amie, tu hésites encore?

MARIE *lui baise le front, regarde le ciel, et dit:*

J'y vais, et je reviens à l'instant.

ANTONIO.

Oui, à l'instant. L'heure de notre séparation n'est pas éloignée. (*Jean arrive.*) Viens, mon petit Jean; viens. Que portes-tu donc là?

JEAN.

Une couronne de germandrées.

ANTONIO *l'embrasse.*

Pauvre innocent! Pauvre orphelin! L'Éternel prendra soin de toi.

JEAN.

C'est toi, mon père, qui prendras soin de nous.

ANTONIO.

Agenouille-toi.

JEAN.

Oui, mon bon père.

ANTONIO, *lui posant la main sur la tête.*

Mon fils, reçois ma bénédiction. Je n'ai rien de plus à te donner; mais à l'heure de la mort la bénédiction d'un père a bien du pouvoir.

JEAN *lui baise la main.*

Comme tu es pâle, mon père!

ANTONIO.

Je suis las. Je veux reposer jusqu'à ce que ta mère vienne.

(*Il se couche.*)

JEAN.

Oui, dors; je veux veiller auprès de toi... Le voilà endormi. Mais qu'est-ce qu'il a donc sur la tête? Ah! une belle couronne de laurier. Je veux aussi lui donner la mienne; il sera content de la voir quand il s'éveillera, et ma mère aussi.

BAPTISTE *arrive avec son fils.*

Es-tu donc sûr que cette image qui t'a sauvé la vie était de cette grandeur?

FRANÇOIS.

Oui, oui, c'était sainte Madeleine, très bien peinte.

BAPTISTE.

Avec des cheveux blonds, une robe bleue, une tête de mort et un livre?

FRANÇOIS.

Oui, et tout cela fait par Antonio.

BAPTISTE, *étonné.*

Il t'a sauvé la vie, tandis que moi... mais le coup n'est pas encore porté.

FRANÇOIS.

Quel est cet homme étendu par terre, si pâle, avec un petit enfant auprès de lui?

BAPTISTE.

Où donc? où?

FRANÇOIS.

Là.

BAPTISTE, *faisant le signe de la croix.*

Jésus, Maria!

FRANÇOIS.

Vous pâlissez?...

BAPTISTE.

Vois-tu aussi le cadavre?

FRANÇOIS.

Oui, venez, mon père.

BAPTISTE.

Arrête, malheureux! es-tu fou? Ne vois-tu pas l'ange de la mort auprès de lui?

FRANÇOIS.

Je vois un petit enfant.

(*Jean fait signe avec le bâton d'Agnus-Dei qu'on se taise pour ne pas réveiller son père.*)

BAPTISTE.

Regarde. Voilà le bâton d'*Agnus-Dei*. C'est Jean qui nous menace. C'est le saint des forêts. Viens, sauvons-nous.

FRANÇOIS.

Mais qu'avez-vous donc, mon père?

BAPTISTE.

Je n'ai rien, pas même l'espérance. Il nous menace encore, vois-tu?

FRANÇOIS.

Vous êtes tout troublé?

BAPTISTE.

Sauvons-nous à la maison; il est tard. Le vent du soir me glace le cœur. Sauvons-nous, il faut que je prenne soin de moi. Mais ne dis rien; c'est une fièvre, et si dans mes rêves tu m'entends parler de mort et de sang, n'y fais pas attention. Ce ne sont que de vaines paroles.

FRANÇOIS.

Mon père!

BAPTISTE, *avec terreur.*

Car c'est seulement par hasard qu'il te sauve la vie, dans le moment où je le tue.

FRANÇOIS.

Mon père!

BAPTISTE.

Il nous menace encore. Fuyons.

(*Tous deux s'éloignent. — Marie et Silvestre viennent.*)

MARIE.

O mon Antonio! es-tu encore ici?

JEAN.

Paix, ma mère; tais-toi, mon père dort.

MARIE, *voyant qu'Antonio est mort.*

Il n'est plus!... Ma vie est loin!

JEAN.

Qu'as-tu donc, ma bonne mère? Pourquoi pleures-tu? Mon père dort. Il est las. Laisse-le reposer, et tout à l'heure il se lèvera.

MARIE, *le prenant dans ses bras.*

O cher ange! mon unique consolation, enfant de mon Antonio!

SILVESTRE.

Calmez-vous, chère Marie. N'effrayez pas votre fils. Il croit que son père dort.

MARIE.

Oh! la douce croyance! Moi, je l'ai aussi. Le ciel nous parle par la bouche de l'innocence. Oui, il dort, et bientôt nous dormirons aussi pour nous réveiller tous ensemble dans le ciel.

SILVESTRE.

Oui, sans doute.

(*Marie s'assied auprès de la source en pleurant; Jean regarde avec calme le corps de son père, et Silvestre les contemple avec une vive émotion.*)

UN MESSAGER.

Est-ce ici le chemin qui conduit à Corrège?

SILVESTRE.

Oui.

LE MESSAGER.

Mon frère, connaissez-vous Antonio Allegri?

SILVESTRE.

Oui, qu'as-tu à lui dire?

LE MESSAGER.

Je viens lui annoncer que son bonheur est fait.

SILVESTRE.

Sans doute, et son véritable bonheur.

LE MESSAGER.

Vous le savez déjà?

SILVESTRE.

Quoi?

LE MESSAGER.

Notre digne seigneur, le duc de Mantoue, l'appelle à sa cour. Là Antonio doit jouir d'une grande considération et recevoir un riche traitement; car Michel-Ange et Jules-Romain ont parlé de lui avec tant de chaleur que je viens, par ordre de monseigneur le duc, le chercher pour le conduire avec sa femme et son enfant à Mantoue.

SILVESTRE.

Si vite que tu sois venu, tu arrives encore trop tard.

LE MESSAGER.

Comment cela?

SILVESTRE.

Voilà le martyr tombé sous le poids du besoin et les trames de l'envie.

LE MESSAGER.

Est-il possible? Il est mort? Est-ce là Allegri?

SILVESTRE.

C'était Allegri. Et bien des années s'écouleront maintenant avant que le monde puisse de nouveau s'écrier : Voilà Allegri!

LE MESSAGER.

Ah! je vous crois.

SILVESTRE.

Retourne auprès de ton duc. Dis-lui que c'était bien de sa part de vouloir, sur la recommandation de deux grands hommes, placer sous sa protection cette fleur des artistes. Mais dis-lui aussi qu'il eût bien mieux valu qu'il apprît par lui-même à connaître Allegri, avant qu'une circonstance fortuite lui découvrît le trésor qu'il vient de perdre.

LE MESSAGER.

Le pauvre homme! Il est mort dans l'indigence!

SILVESTRE.

Ne le plains pas. C'est un saint; sa tête tombe fatiguée, mais la couronne qui lui ceint le front, cette couronne d'honneur, brillera, je te le dis, long-temps encore après que des couronnes d'or se seront brisées.

LE MESSAGER.

Je vous crois. C'était un grand homme.

JEAN *pleure.*

Mon père ne dort pas. Il est mort! il est mort!

SILVESTRE.

Pleure, pauvre enfant! tu as raison. Marie, pleurez aussi avec moi. Le monde n'a rien à regretter. Allegri vivra toujours dans ses ouvrages comme un modèle pour les temps à venir. Mais pour nous, nous perdons un époux, un père, un ami. La terre entière ne peut compenser cette perte. Nous ne retrouverons Antonio que dans le ciel.

FIN DU CORRÈGE.

www.ingramcontent.com/pod-product-compliance
Ingram Content Group UK Ltd.
Pitfield, Milton Keynes, MK11 3LW, UK
UKHW022120260726
13993UKWH00003B/1126